裘山山 著

春天来到哥伦布

中国书籍出版社

图书在版编目（CIP）数据

春天来到哥伦布 / 裘山山著 . —北京 : 中国书籍出版社，2013.12（域外游踪）
ISBN 978-7-5068-4025-5

Ⅰ . ①春… Ⅱ . ①裘… Ⅲ . ①随笔—作品集—中国—当代Ⅳ . ① I267.1

中国版本图书馆 CIP 数据核字（2013）第 312833 号

春天来到哥伦布

裘山山　著

策划编辑	陆炳国　武　斌
责任编辑	邓潇潇
责任印制	孙马飞　马　芝
出版发行	中国书籍出版社
地　　址	北京市丰台区三路居路 97 号（邮编：100073）
电　　话	（010）52257143（总编室）（010）52257153（发行部）
电子邮箱	chinabp@vip.sina.com
经　　销	全国新华书店
印　　刷	天津兴湘印务有限公司
开　　本	710 毫米 ×1000 毫米 1/16
字　　数	200 千字
印　　张	15
版　　次	2014 年 4 月第 1 版　2019 年 1 月第 2 次印刷
书　　号	ISBN 978-7-5068-4025-5
定　　价	52.00 元

版权所有　翻印必究

跟着春草到美国（代序）

我的长篇小说《春草》写于2004年，出版后又被改编为长篇电视剧，几年过去，主人公春草渐渐被人们所熟悉所喜爱。但我压根儿没想到，她会到美国去，并且把我也带到了美国。

这些年，全世界学习汉语的人数直线上升。在美国，同样有很多大学生把汉语作为一门热门的外语来学习。但是怎样让美国学生较快地掌握汉语，尚在摸索之中。有一所大学在这方面独树一帜，创立了体演文化教学法，培养出了不少人才，他们的学生连续几年到中国参加汉语大赛都进入了前三名。它就是俄亥俄州立大学全美东亚语文资源中心的汉语旗舰工程。

所谓体演文化教学法，就是在教学中强调语言的文化环境，学习语言不仅仅学字、词、句和语法，还要学习它的文化背景，以便能真正地掌握汉语，了解中国人。去年，这个中心的吴伟克教授及其同事们，为了更好地完善推进体演教学法，决定选一部中国作家的长篇小说作为汉语教材。在几十部候选书目中，《春草》荣幸当选。汉语中心的李敏儒教授告诉我，最终选定这本小说，第一是因为这小说既有农村生活也有城市生活，面比较广；第二，这部小说刚好包含了改革开放三十年的时间，可以让美国学生了解中国当下的变迁；第三，这部小说所表达的精神，即为了追求理想不放弃，不妥协，坚持到底，对美国青年也有意义。还有一个书以外的原因，这部小说已经有了电视剧，电视剧可以帮助学生们更好地理解小说内容。

就这样，《春草》成为了俄亥俄州立大学的高级汉语教材，春草走出国门，来到了美国。我一直很好奇美国学生怎样看春草，怎样读春草。后来我得知，他们在大的方面与中国读者的看法是一致的，比如认为春草很坚强，很了不起，比如认为何水远是个不负责任的男人，应该指责。但也有很多不理解，比如春草的妈妈为什么不让她上学（男尊女卑）等等。

在语言表达上困惑更多，比如"肯"和"愿意"有什么不同？""你是木头呀！"，"木头"在这里是什么意思？"还是高中生呢？"，"还"在这里是什么意思？"我妈再不好，也不许你说"，"再"在这里是什么意思？"白他一眼"的"白"是什么意思？等等。这些在中国人眼里不是问题的问题，在美国学生那里就是问题。还有，我书里写到一些南方方言，美国学生就更搞不懂了。

当李敏儒老师告诉我这些情况时，我笑道：早知《春草》要来美国，我就会把语言写得更规范些。李老师说，不，就这样好，中国鲜活的口语里蕴藏着许多的文化课题，我们正好可以借这些提问来介绍中国文化。比如关于"木头"，他在解释了本意后还告诉学生：木头缺心眼，所以口字下面一木头，就是呆。李老师认为，中国人的语言不是现实的模仿与再现，而是充满了隐喻，读者要得意而忘言。对于西方学生来说，最难的就是训练他们去"得意"，去透过字面的意思，读出中国文化赋予语词的那个"言外之意"。学生能提出这些问题，就证明他们正走在开窍的路上。《春草》好就好在有许许多多地道的素材，文字非常本色，供他们琢磨，训练他们开窍。

对李老师及其同事们这样踏踏实实地教学，踏踏实实地传播中国文化，我真的是充满敬意，同时也对汉语教学产生了浓厚的兴趣。

2010年8月，我应邀来到青岛，在俄亥俄州立大学汉语旗舰工程的中国中心参观学习，和那些来中国参加暑期培训的美国学生见面座谈，还旁听了李老师的汉语课，对美国学生学习汉语的情况，有了个粗浅的了解。

暑期培训结束之后，汉语中心主任吴伟克教授便发来了邀请函，邀请我到俄亥俄州立大学做为期三个月的访问学者，专门为学习汉语的美国学生讲课。课本就是我自己的小说《春草》。

所以，我是跟着春草到美国的。

这是我写作《春草》时无论如何没想到的。

在美国的三个月，我收获了太多的感受。这些感受不仅仅来自校园，还来自大自然，来自美籍华人，来自美国社会的方方面面。我用心感受着，仔细观察着，也尽情享受着。光是照片，就拍了几千张。几乎每天相机不离手，也几乎每天都能拍到精彩的镜头。

那个时期，我时常在我的博客上向朋友们汇报所见所闻，引来许多网友的关注和赞叹。

但因为每天都有课，每天都要赶路，还是不可能把看到的感受到的全部写出来。仅仅写出了很少一部分，其中有9篇在《文汇报》专栏中刊出。专栏题目就是"春草在美国"。

回到中国后，我又继续梳理写作，将我在美国期间的见闻写成随笔。我希望用我的文字和我的照片，告诉朋友们一个我眼里的美国。我也希望用一本书的形式，将这三个月难忘的经历，永久地留在我的生命中。

2013年5月，于成都正好花园

我飞，我飞，我飞飞飞	001
并不漫长的旅途	008
最初的印象	017
走在美国的校园里	027
邂逅一场大雪	038
春天来到哥伦布	042
亲临汉语桥大赛现场	049
初识美国学生	056
我看到了世界上最大的花朵	064
祝您"妈节"快乐	070
从路上看美国	078
消灭蒲公英	085
迷人的夕阳	093
两次课外活动	100
田园牧歌阿米什	109
速游匹兹堡	116

目 录 CONTENTS

校园里的游行	124
五彩缤纷的亚洲节	130
你看不到的风景	138
旅美华人老袁的一天	145
"固执己见"的吴老师	153
李老师的"文化交流"	159
跟着谢老师去"烧瓶"	166
洋学生的汉语作文	174
随团旅行小插曲	181
十二个细节	191
可爱的小城麦迪逊	197
明亮的芝加哥	204
亲爱的老美	211
乐不思蜀不是我的成语	219
又迎来汉语描述的黎明	226

我飞，我飞，我飞飞飞

2011年3月21日清晨，我从成都出发，前往美利坚合众国。

早上5点起床，6点出门，我走之后，这个家就空无一人了：儿子春节一过就回北京去工作了，先生于2月底前往无锡影视基地拍片子去了，老贝（狗狗）于一周前被我送到钟点工小罗的住处了，算是托管。我环视了一下空空的家，拖上我的三件行李，锁门上路。

我的这趟行程要飞三个航班，先从成都飞上海，然后从上海飞纽约，纽约转机飞哥伦布，共计20多个小时的旅程。一切顺利的话，将在当地晚上九点半抵达目的地，夜里11点左右迈入另一个家门（北京时间3月22日上午）。

这是我这辈子飞行最长的一次，也是旅途最长的一次。

那么长时间的飞翔，会不会在落地的时候，长出翅膀来？

那可就赚了。

托春草的福，我被美国俄亥俄州立大学东亚系汉语中心邀请为访问学者，时间三个月。去那里给正在学习汉语的美国学生上课，内容就是我的长篇小说《春草》。

在我去之前，他们已经在其他老师的授课辅导下，学习了两个学期了，学得很好，进步很快。我看过他们的作文，写得挺有意思，因此很期待和他们见面。

裘山山著 春草

春草讲述的是一个普通的农村女人的奋斗历史。在变革的年代，人的命运究竟掌握在谁的手中？春草以自己的青春岁月和在此之中的努力抗争回答了这个问题。不管奋斗这条路上有多少艰险和困难，她都将坚定地走下去，她的可贵就在于，她想做自己命运的主人。

上海文艺出版社

我的小说《春草》被俄亥俄州立大学选为汉语教材

在电视剧《春草》里陶虹饰演春草

最初得知这个消息，我非常高兴。我的人生观就是体验观，我认为人来世上走一遭，就要多多体验不同的生活。能有机会去体验一下美国的生活，美国大学的生活，美国大学老师的生活，实在难得。当然，也满足了自己一点小小的虚荣心：访问学者啊。过去这个词儿离我八竿子远，像我这种英语那么可怜的人（老师教的这一句我倒还记得：I have poor English，直译就是"我只有一点可怜的英语"），我连说句hello都不好意思，怎么可能去美国的大学讲课呢？虽然每天晚上都做些不着边际的梦，可也没梦过这样的事。现在终于有了这样的机会（这要感谢美国学生们学汉语啊，不然哪有我什么事儿），肯定很乐啊。

可是，从一句话变成现实，是多么不容易的一件事。

照说我也走出过国门，出访过俄罗斯和日本，甚至还有两次未遂的，一次是去意大利，什么手续都办好了，对方邀请我们的那位大法官（国外一般都是以私人名义邀请访问的）突然病故，没能成行。还有一次出访德国，因没有及时办好手续，错过了时间。

可是，这次要去美国却是如此的麻烦，夸张地说，前四次加起来也没这次这么麻烦，我好几次都想说我不去了。我应该算是个有条理的人，无论是研究血型的，还是研究星座的，还是研究属相的，都有此鉴定。但那段时间我脑子却一锅粥，不知从何入手。

但最终还是老老实实的，耐心的，一件事一件事的，一个文件一个文件的，去完成它，克服它。因为它已经不是我一个人的事情了，已经牵动了那么多人，麻烦了那么多人。已经有那么多人，那么多部门，为我的事签字画押，填写表格，一级级上报，一次次审批，从大洋彼岸到此岸，折腾了三四个月。

最终，手续全部完成，就等最后一哆嗦：面签。

与美领馆的面签约在2月11日早上八点。

早上7点起床，穿上头天准备好的西装套裙（有明确要求），前往成都美领馆。先在门口武警站岗处交上身份证复印件，然后在一个窗口领牌子（须当日签证名单上有名者才能领到牌子），将牌子夹在衣服上，我的是28号。然后进门，额头在某个仪器上碰一下。（不知为嘛，难道是测反骨的？）然后交出手机，进入签证厅。

签证厅二十平米左右，有点儿像银行大厅，窗口上的电子屏幕滚动叫号。我进去时里面已经有不少人了，学生居多，我这个年龄的只有两个。而且正经穿西装套裙的，就我一个。好几个穿羽绒服的。

我先到2号窗口递材料，并回答三个问题：第一，是否服过兵役；第二，最高学历是什么；第三，有没有出国经历。窗口里的工作人员是中国人，似乎知道我，看到我以访问学者的身份出去有些惊讶：你的英语很好吗？我说不好，我是去教汉语。她释然。我交了材料，继续等。

正式签证就两个窗口，一个男签证官，一个女签证官。男签证官一边吃汉堡一边工作着，也许起床起晚了。大厅里有些美国宣传资料，有旅游的，也有政治方面的。比如有个资料就在介绍12月10日国际人权日。

等了大约个把小时叫到了我，正是那个吃汉堡的签证官，他的汉堡还没吃完。第一句话就是，你会说英语吗？我说不会。他只好用夹着汉堡味儿的汉语和我对话。其实对话很简单，但我的身份还是让他拿不准，他进到里面去请示了两次。过一会儿出来，问我是否有英文简历。我当然准备了，递给他。他看后问我，你先生不和你一起去吗？我回答，他不去。又问，你在美国有亲戚吗？我回答，没有。他又问，你的所有费用都由那边大学承担吗？我回答，是的。他说了句，好了。就签字盖章，将一张表格交给我，一字一句叮嘱说，这个很重要，过境的时候要给移民局的看。我说谢谢。离开。

事先按要求准备的什么存款证、结婚证、房产证、在职证，统统都没派上用场，就这么过了。

也许是因为我的邀请函很过硬？

C694 Group Studies 2011 年 Spring

春草 *Spring Grass*

MWF 12:30-1:18 Dreese Lab 713; TR 12:30-1:18 Denney 265

Instructor:

裘山山 (Qiu Shanshan)   Office: HH360   Office Hour: TBD or by appointment
                       Phone: 614-292-3184
                       Email: qss511@163.com

Goals:

1) To have students use all four skills while engaging a complete piece of Chinese narrative
2) To continue practicing the composition of formal papers
3) To develop the ability to tell/write engaging original narratives in Chinese
4) To get students who have completed C612 (or equivalent) to ACTFL Advanced-Low/ILR 2 in preparation for Flagship level coursework

Course description:

The class is based on the novel 春草, by 裘山山. The story describes the efforts of a young woman to get out of her village, away from traditional familial relationships and away from traditional rural life. The novel, written in 2004, was turned into a television serial named 春草 in 2008. Both the book and the television series have 33 chapters, though they do not have an entirely one-to-one correspondence.

In this last quarter of the one-year fifth level Chinese sequence, students will shift their focus from spoken narrative ability to skill in producing written narratives and arguments.

春草班课程安排

面签之前我想，如果签证官不给我过，那我就不去了，但真的签过，还是很开心。那个感觉很不可思议的美国之行，终于近在眼前了。

俄州立大学所在的城市叫哥伦布，它是俄州的州府。我从google地图上看到它在美国东部靠北的地方。对我来说，那是一个完全陌生的地方，同时又是一个已经被我念叨了一年的地方。我历来对没有去过的地方充满向往。恰好今天一女友给我发了条很浪漫的短信："远方有什么？这句一直让我着迷的话，作为春天的礼物送给你。"

那我就带着这礼物去远方。

在接到邀请、准备前往的半年多时间里，我被无数次地问到：听说你要去美国了？去美国哪里？一个人去吗？看儿子吗？（其实儿子早已回国）去干什么？讲学？（似乎难以置信）那给你配翻译了吗？（貌似都知道我英语臭）去多长时间啊？什么时候走？从哪里转飞机？什么时候回来？需要我在美国的朋友帮你忙吗？

我一次次地回答这些问题，甚至同一个人同一个问题就回答过数次。其中问得最多的就是"你什么时候走"？问这个问题相当于问我"你吃了吗"，我都不好意思回答了，感觉这个人怎么还不走啊？我知道大家是关心我。谢谢了，现在我终于可以在这里一并回答并不再回答了：我今天出发了！

下次再回答就一定是新问题了：你感觉如何？时差倒过来了吗？吃得惯西餐吗？

我很期待回答新的问题。等我到了，住下了，倒过时差了，在地球的那头站稳了，就跟朋友聊聊我感觉如何。

并不漫长的旅途

早上六点赶到机场，大厅里旅客比我想象的要多，原以为那么早的航班会很冷清呢。观察发现大多是旅行团的。我的航班是8点03分起飞，晚了20分钟，有些担心，因下一个飞纽约的航班是12点正的，中间还要取行李重新托运并办理出关手续。但空姐说没问题，会准时到的，并且会有人来接国际航班的乘客去办理手续，遂安心。

尽管这么早出发，还是有朋友发来祝福短信。还有个别同志发来马后炮，告诉我长途旅行，应该准备些食物和水果，还说应准备厚外套或大披肩，飞越太平洋很冷，机舱上的毯子不够用。前者只好高价弥补，在机场买了两个橘子16元，一盒点心56元。心疼得很，赶紧换算成美元进行心理抚慰。后者只好以金刚不坏之身应对。

过了安检后我用手机再次登陆邮箱，又看到李老师的邮件，他提醒我此行将看到一天之内的两次日出，记着拍照。看，差点儿又成马后炮。幸好我开箱及时，使该炮弹进入到了射程内。

后来果然拍到了两次日出。第一次是从成都起飞后，看到了早上八九点钟的太阳，并且拍下数张。但因为成都这个地方历来云层很厚，所以看到的日出不够辉煌。第二次是在第二天早上，国内时间晚上10点左右，进入美国境内了，我在迷糊中突然醒来，一看窗外，钢蓝色的天空，紫红色的早霞，非常漂亮。

再回头说旅程。这架飞往上海的班机，前半部似乎都是在上海转国际航班的乘客，很空。一人一排座位。我过道的左边坐了一位基督徒，温文尔雅的，起飞前打电话跟朋友说，感谢主，一切都很顺利。早餐发下来后，他摆在桌上，闭目合十，默默祈祷，让我也莫名其妙地感觉心里踏实。

早餐不错，锅盔和稀饭。全部吃掉。然后找出电子书，简单写下上面的文字。

到上海浦东机场，遇雨。（三个月后我返回，也是浦东机场，遇暴雨。）下机后，并没有什么工作人员来引领我们转机，一切都得靠自己。好在毕竟是国内，指路牌什么的一眼就能看明白，很顺利。我终于在12点前坐上了飞纽约的航班。

上海到纽约，全长13100公里，飞行时间14个小时。

为了拍日出，我要了靠窗的位置。以前坐飞机，我总是要过道的。我的邻座是一个面色黑红的中年妇女，听口音是江浙一带的，看形象是农村的（丝毫没有贬义哈），也许是去看她的孩子？她像是头一次坐飞机，很多事情都搞不明白，我自然以举手之劳帮她。她虽然一言不发，但笑容是友好温和的，既不看书，也不看电视，就这么安静地坐着，与我相伴了十几个小时。后来她儿子从前面座位走过来关照她，我才知道她不是一个人前往。

在飞机上睡了两觉，吃了两顿，看了两部电影。终于在22日中午到达纽约。

落地打开手机，居然有信号，原来中国移动已入了美国网络。一条短信告诉我，我的手机进入到了T-Mobile网，拨打美国当地电话每分钟0.59元（人民币），拨打国内电话每分钟0.99元，发短信0.19元，都不算贵呀。主要是方便了。这个应该表扬。

出关，取行李，办转机手续都顺利；预想的检查行李什么的都没有。填报入关表也很顺利，我看那个海关官员根本没认真看我的表，主要是看了下护照和签证，然后问了我两个问题：第一次来美国吗？你是老师？我回答了两个耶斯，于是顺利进入美国境内。

就是找下一个航班的登机口费了我很大劲儿。

我乘坐的航班是美国戴尔塔（Delta）航空公司的，他们跟独立王国一样在另外一个大厅。我前后问了八个人，其中五个还是机场工作人员，几乎绝望时才找到。儿子给我准备的常用英语中，被我用得最多就是"Excuse me（打扰一下）"。难怪李老师跟我说，纽约机场很乱，你第一任务就是先找到登机口。

终于在登机口旁的候机厅坐下，踏实了。看到指示牌上写着我的航班是7点30分登机（延误半小时的样子），还要等两个多小时呢。无比困倦。看时间应该是国内的凌晨5点，正是我往日睡得最香的时间，此刻我却坐在一群美国人中等飞机。人生真奇妙。四周极少见到东方人面孔，有色人种很多，黑人，墨西哥人，其他都是白人。回想刚才在飞来纽约的航班上，我看到中国人占了三分之二，可是一下飞机，这些中国人就如同水渗进沙里，无影无踪了。

坐下时，看到旁边有个胖胖的美国女孩子（十五六岁的样子）坐在地上抹眼泪，身边是她的行李，颇伤心的样子。很想问问她怎么了，需要帮助吗？但看看其他美国人都视若无睹，加上语言沟通困难，作罢。挤在形形色色的且气味浓烈的美国人（他们似乎个个都喷了香水）中间打了个盹儿。忽然听见广播登机，虽然俺英语臭，但地点和航班号还是能听明白的。马上登机。是架小飞机，大概只能坐三四十个人。在飞机上又睡了一觉。

当地时间晚上9点半到达哥伦布，飞机降落时，看到下面灯光璀璨，非常之繁华。后来我才知道，美国人对电的挥霍，是灯光灿烂的重要原因。他们点了太多的24小时不熄的长明灯。

就纽约机场和纽约飞哥伦布的航班来说，我没有感觉到比国内优越的地方，

过海关

在空中迎接第二次日出

从空中看到的哥伦布市

美国机场五美元使用一次的推车

到达哥伦布机场

机场的设施、服务等，与国内差不多。有的还不如，当然是从一个中国人的角度评判的：比如行李手推车要收费（每次5美元），比如没有免费的热水供应，还比如广播里从来只是英语，不像国内，一个外国人没有也会用汉语英语各播一次。像我这样初次去美国的人，多少有些紧张。（也许大多数去美国的人都通晓英语？）

　　很顺利地到达哥伦布，虽然是小飞机，但起飞和落地都很平稳，这个必须表扬。一眼看到李敏儒老师和夫人爱莲在出口处接我，非常亲切。李老师做的第一件事，就是带我到有哥伦布标志的雕像前留影，这便是我到哥伦布这个美丽的小城拍下的一张照片。在经历了20个小时的飞行后，照片上的我，并没有生出翅膀来。

　　李老师夫妇开车送我去我将要居住三个月的地方：从中国山东来美的谢振芬老师家。

　　在黑乎乎的夜色里我们行驶了一个多小时，期间李老师两次打电话问路，他说谢老师家比较偏远，他去得少。而我，如梦游般坐在车上，毫无任何地理概念。

　　谢老师家在哥伦布郊区的一个小区，我见过照片，很漂亮的一栋别墅。谢老师怕李老师找不到，专门打着电筒到路口来接我们。终于，我在当地时间晚上十点半，跨入了谢老师的家门。

　　比我预想的要早。一切顺利。

　　喝了一碗谢老师的丈夫老袁熬好的热乎乎的稀饭，简单地收拾了一下行李，洗澡洗头，给父母报了平安，折腾到凌晨2点。终于倒下，睡了我在大洋彼岸的第一觉。

最初的印象

转眼到哥伦布已经一周了。

好像没有什么时差，周一夜里到，周二早上我就正常起床了。虽然来之前，我已在网上看到过谢老师家的照片，一个红黄两色的童话般的独栋别墅，依偎在一片高大的茂密的树林前，房前是开阔的草坪。但真的进入到画中，住在了画中，还是感觉很新鲜，很兴奋。那么清新的空气，那么优美的景色，那么茂密而安静的树林，尤其是辽阔的湛蓝的一尘不染的天空，让我不由自主地想起了西藏，唯一不同的是，这里不缺氧。可这唯一是多么重要。由此一想，便在心里发出了到美后的第一感叹：美国人真有福气。

休息了两天之后，我就去学校办理各种手续，并开始备课。谢老师家在郊区（也正因为在郊区，景色才如此辽阔宁静），到学校的单程距离是37公里路，开车要四十分钟，所以我们每天早出晚归。

谢老师的女儿从OSU毕业后就留在美国工作了，并且成了家。谢老师便和丈夫老袁一起到美国来陪女儿。他们在远离市区的地方买下这栋大房子和房后的树林。谢老师说，当初她买房子时，就是被这片树林打动的，一眼看到就喜欢了。我完全能理解，一个土生土长的中国人，突然拥有一片属于自己的树林，那感觉真的很幸福。

谢老师还没退休，受聘在OSU当老师。她的经历颇传奇，曾经干过记者编辑，也办过企业当过老板，还在广电局当过领导。非常能干。当然，除此外她还是位有着20多年驾龄的老司机，所以我每天就坐她的车去学校。老袁就在家做饭打理家务外带种菜，我们每天带的中午饭，就是老袁为我们准备的。

虽然我只在OSU（俄亥俄州立大学）工作短暂的三个月，但所有的手续都需要办理齐全，填写各种表格，办理工作证，申请员工号码以及学校专属的电子邮箱，从而进入庞大复杂的校内人事系统。在我看来，像我这样临时来校工作的访问学者，应该有一套简易的人事系统，与学校正式员工区别开来。按规定，访问学者的收入是免税的，也是不用付养老金的。但在学校的系统里，却必须按正式教师的规定一一扣除，离开三个月后，申请退回养老金；一年后，申请退税。这种方式增加了多大的工作量啊。他们麻烦，我也麻烦。所以在办理手续时，我有了对美国的第一个不满：太刻板，太多的繁文缛节。

学校的电子邮箱均为统一格式，就是在姓氏后面加上你这个姓氏在本校的排名。比如李老师，就是li28，就是说，他是OSU第28个姓李的人，我当时想，我应该是姓裘的number 1吧？不料申请下来，竟然是qiu99。真让我百思不得其解，就算还有同音的邱，也都是小姓人家啊。美国人名里貌似没有qiu这个发音，怎么一家伙排到99了？但学校肯定不会搞错。由此可见，中国这些年出国留学和讲学的人真是越来越多了。

但对我这样一个不会英文的"外教"来说，办理这些手续有很大障碍，好在系里早想到了，早有安排。先是办公室一位来自中国青岛的女老师宗菲倩带我去注册，第二天是一位会汉语的美国青年老师大卫陪我去参加短暂培训。大卫曾是谢老师的学生，现在已经成为同事了，他给我做翻译，很耐心。说培训就是半天，参加者全是访问学者，我们那天一起培训的7个人中有4个是中国人。据说经常如此，中国人占一多半。很羞愧的是只有我带了翻译。我们被告知若干注意事项和权利义务，包括需要遵守的各种章程规定等。我在对方叽哩

谢老师带我参观她家的树林

OSU 校园即景

图书馆一角

谢老师家的大房子和树林

和谢老师在校园里

哇啦的对话中捕捉到一些熟悉的词汇，但很难连起来听明白意思。有时听明白了，但不好意思用英语回答，怕自己说得不准确。所以还是得靠大卫翻译。

在来来往往的过程中，无论是汉语中心的老师还是学校各部门的工作人员，都对我非常友好，有时还和我开开玩笑。让我一下很放松。没事的时候，我就一个人在校园里转悠，拍拍照片，东张西望，丝毫没有拘束感和陌生感。

校园很漂亮，不知是建筑的缘故，还是草坪的缘故，还是人少的缘故，怎么就觉得比中国大学的校园漂亮。尽管春天尚未来临，草坪还是绿的，并且非常大，草坪中的小路呈几何图形散开，通向各个教学楼。由于尚未开学，校园里很静，偶尔看到有人匆匆走过。让我吃惊的是，竟有穿短裤和拖鞋的人。我穿着羽绒衣都冷得缩手缩脚。真是不一样的人种啊。

俄亥俄州立大学目前是美国最大的大学，它由哥伦布的主校园和位于利马、曼斯菲尔德、马里恩、直布罗陀岛、纽瓦克和渥斯特的分校组成。成立于1870年，是美国顶尖的公立大学，综合排名第15。

抽了半天时间，李老师带我参观了主校区，重点参观了OSU人引以为自豪的图书馆。谢老师也一起去了，她说她还没机会好好看过图书馆呢。里面很大，容易转向。李老师年轻时曾在图书馆工作，很熟悉里面的路径，三下两下，他就把我们直接带到了中文区。在那里，我看到了很多作家朋友的书，也找到了自己的六本专著，同时还有几本收录了我小说的小说选本，很开心。

站在图书馆最高层俯瞰校园，才知道它被称为最大的大学是有根据的。仅仅是主校区，校内就有多路公交车，有各个分院，有自己的医院，有耗资上亿的体育馆，有美国大学中最大的橄榄球场，最让我惊讶的是，还有自己的飞机场。李老师一边介绍，一边流露出无比自豪的神情，他在这所大学读博士，工作，加起来已经20多年。他的儿子就是在这所学校的医院出生的。这里已经是他的第二故乡。

连续两天，我都在学校忙到晚上七八点才回家。

从图书馆楼上看到的校园

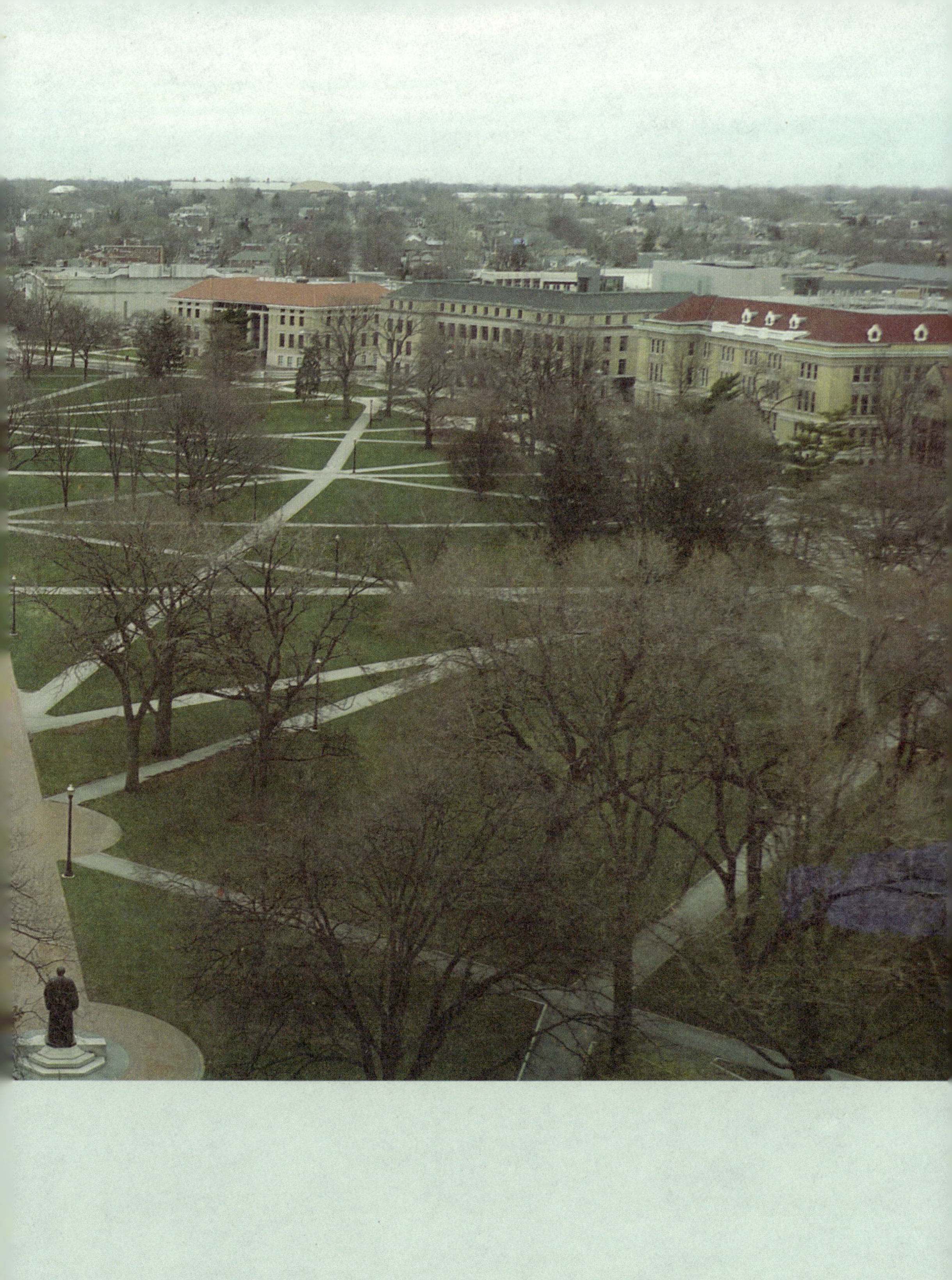

吃了晚饭天已黑尽，但谢老师还是叫我和她一起出去走路。这个是我来之前她就跟我说好的：你来了以后，我们一起去走路，锻炼身体。我一口答应。本来我就喜欢走路，何况这里空气那么好，路上几乎看不到人。但是走了一次我就受不了了，太冷了。虽然已是三月下旬，但春天还没有来到哥伦布。早上起来地下是白白的霜。气温始终在零下。这样的气温出去走路，真是遭罪。谢老师虽然比我年长，但精力比我旺盛多了，走路很快，也不怕冷（山东人啊）。第一天我们就走了近两个小时。第二天我求饶了，希望缩短时间，最后还是走了一个多小时。

最可怕的是第三天，那天是周六，吃饭比较早，吃完谢老师就要带我去看她酷爱的高尔夫球场。我们一边说话一边走，不知不觉就走到了高尔夫球场。谢老师向我夸赞球场，尤其夸赞球场边那些房子，后悔没买在这里。可我却没什么感觉，也许是夜晚的缘故。我只盼望赶快回家。因为越来越冷了，寒风刺骨，我感觉自己在哆嗦。这时偏偏又下起了雨，雨中还夹着冰雹，虽然我穿着羽绒衣，戴着帽子围着围巾，却感觉自己从里到外都是冰冷的。恨不能一步跨进温暖的房间。谢老师看我那可怜样，想打电话让老袁开车出来救驾，却忘了带手机。最后只好咬牙坚持。等终于回到家时，我已冻得脸颊发烫，鼻头通红。

奇怪的是，我没有感冒。睡了一觉第二天就一切正常了。

真给美国老天爷面子。

走在美国的校园里

在中国我也是做过老师的，而且我读的大学就是师范院校，而且我做的就是语文老师，而且我还当过优秀教师。连用三个而且，是想说明我能来这里上课，是有资格的。

但到了这里后，我发现以前的教学经验都不管用了，一切要重新开始。首先我必须改变我的中国式的授课方式，就是灌输式，课堂上以老师讲授为主。虽然在此之前我已经听过李敏儒老师的课了，知道应该让学生多提问题多讨论，可一讲起来，还是不知不觉就讲多了。后来慢慢摸索，不断改进，一个星期后，才比较适应新的教学方式。

要改变的还不止是讲课，还有批改作业的方式。比如他们交来的作文，我一一改错，告诉他们错在哪里，让他们去对照体会。我以为我做得很好了，很耐心。但还是不对。按吴老师李老师他们的方式，第一次批改作文老师只划出错误，不修改，让学生自己修改。如果学生确实改不了，老师再改。这样可以强迫他们动脑子，加深记忆。虽然老师麻烦一点，但效果会比较好。

上了一周的课，感觉美国学生和中国学生真的有很大不同。比如穿着上，我常常看到男生上身套一件厚毛衣，带帽子的那种，下身却是一条不过膝盖的半截短裤，脚下更过分，赤裸着夹着一双像纸板儿那么薄的拖鞋。这样的搭配，

踩滑板上课的学生

女生很少穿裙子，以短裤为主

我估计是美国学生独有的。在校园里比比皆是，连女生也会这样。

哥伦布地处美国东北部，其纬度与中国的沈阳接近，所以气候比较寒冷。我每天穿着大衣裹着围巾都觉得冷，可操场上已经随时可见赤脚穿拖鞋或穿短裤亮着大腿的学生了。仿佛他们和我不在同一个世界。有意思的是，他们脚下虽然光溜溜的，脑袋却包得很严实，好像只有脑袋怕冷。

看到美国学生的这种打扮，你就可以知道他们是在一种怎样的环境里长大，那就是自由自在，特立独行，我行我素。

在教学楼里，你随处可见他们无拘无束的身影，窗台上，走廊的地上，到处是一边吃着东西一边看书的学生，或者是一边喝着可乐一边上网的学生。有时还是一对儿，两个脑袋凑在一起边吃边说，或者同时挤在一个窗台上相谈甚欢，旁若无人。这样的自由也包括在课堂上，他们可以随时走动，吃东西，喝水，接电话或回短信。（不过我得声明，我的学生从来没在课堂上这么做过，他们很专心。我是在其他人的课堂上见到过。）

起初我对坐在地下看书的学生感到不解。你说坐在窗台上看书谈心还说得过去，因为那窗台宽大明亮，好像是专门为学生看书设计的；可坐在走廊的地上我就不理解了。有一次我出办公室，门口脚底下就坐了个男生，吓我一跳。他说了句sorry，继续坐在那儿看书。我猜想是不是因为那个位置有插座，他们的电脑没电了，需要充电？可后来发现，没有插座的地方也有学生坐在地上，身边扔着书包电脑等，怀里抱着一个大本子在写什么或看什么。也许他们就是喜欢坐地上？后来谢老师告诉我，他们是在预习，马上要上课了。因为没有哪个教室是空的，都是一节课接一节课安排满了，所以他们席地而坐，一边预习一边等着进教室。

不过，美国学生表现得无拘无束自由自在，并不等于他们的生活中就没有烦恼，没有困难。在美国大学生中，也有生活艰难，家境贫困的。也有父母离异，从小缺少温暖的。

校园即景

有学生在校园里露宿

汉语旗舰工程在举行硕士生远程答辩

日本教职工在表演小合唱

我上课第一天，就听说班上有位学生因为身体不好想退学。后来我见到了他，他的外表看上去挺强壮的，一问，原来是胆囊疼，疼了很长时间了。去医院作了检查，但如果要手术的话，他感到有压力，因为家里没买医保。我听了感到很诧异，胆囊炎在中国也不算什么大病啊？做一个小切口手术就行，不应该成为负担的。但他一直没有去做，疼了就吃药，疼厉害了就请假休息。这让我感到担心。在他缺课两次后我跟他面谈，问他为何不去医院把这个问题彻底解决了？总是吃止痛药对身体也不好。他说如果做手术费用非常高，学校的医保只能报销很小一部分。他是个90后，在中国，尤其中国城市里，这么大的学生是完全靠家里的，理所当然地靠。可他却打了两份工，一边读书一边挣钱还一边忍着病痛，跟我谈起时，对父母竟没有一点儿怨言，让我非常感慨。感慨一是美国孩子的独立，真是百闻不如一见。感慨二是美国家长的"狠"，明知孩子有病，就是不管，完全可以卖掉一辆车给孩子手术啊（他告诉我父母有好几辆车）。

美国的穷学生那种穷，也是匪夷所思。听谢老师说，她曾经教过一个学生，有一个假期没有回家，问其原因，竟然是因为家里房子太小，没有他睡觉的地方。他们家兄弟二人只有一间房子一张床，弟弟先放假回去，就占了那个床，他只能睡沙发。可是沙发又被狗占了，弄得很脏很有味道。他就不愿意睡了，于是假期也住在学校里。

有的家庭困难的学生，就先去服兵役再读大学，这样的话，学费可以由政府承担。难怪我在校园里见到了好几个穿迷彩服的学生，有的是刚从军队退役，有的是在校"国防生"。我不知道他们叫什么，他们也穿军装，肩牌是学员标识，这样的学生也是由政府负担学费。

不过，美国的学生即使有贫富差异，也不会产生什么障碍，富学生不会歧视穷学生，穷学生也不会自卑。如果家里实在交不起学费，就先贷款，然后一边上学一边打工挣自己的生活费，毕业工作后再还贷款，不会因此而放弃读书。比如前面说得那个没有地方睡觉的学生，学习很努力，还去中国参加过汉语大赛。

很多美国大学生都勤工俭学，包括富家子弟。他们觉得十八岁以后不再依赖父母是天经地义的事，没有啃老族一说。尤其是硕士生。在一些美国父母看来，能供孩子读本科已经很不错了，本科以后如果孩子还想读书，那是不会管的。所以硕士生如果拿不到奖学金的话必须打工，有的学生同时打好几份工。他们绝不会因为这个埋怨父母。这一点，我觉得特别值得中国年轻人学习，尤其是中国城里的孩子。很多中国孩子总觉得自己只要学习好，父母就该付学费，甚至还该奖励，好像读书是为了父母。

上周四下课后，我看到操场上难得一见的热闹，学生们成堆，还摆着很多桌子。我赶快拿上相机跑去看，原来这天是俄大学生的社团活动日，新学期来临，各个学生社团都在介绍宣传自己的组织，招兵买马。形形色色的学生们展览似的出现在操场上，金发的，黑发的，亚裔的，非洲裔的，阿拉伯裔的，你在这里几乎可以见到各个国家各个民族的人。社团也是五花八门的，有运动方面的，音乐方面的，动漫方面的，军事方面的，美术方面的，计算机方面的，还有魔方爱好者的。宣传的方式也很丰富，有一些黑人同学在围着圈儿跳舞，有两个男生站在桌子上用大喇叭广播，更多的人就是扯着嗓子吆喝。

这样的场面，让我更深刻地感受到了美国学生的特立独行，自由自在。

转眼已经过去两周了，虽然还是寒风凛冽，但春意也是越来越浓了，到处能看到白色的棠梨，粉色的桃花，紫色的玉兰，更多的是绿色的草坪。我这个中国老师，也渐渐适应了新的教学方式，新的生活方式（我的课时安排在每天中午12点半到1点半，不要说午睡，就是午饭也不能按时吃），甚至喜欢上了这个学校。

每天上午，当我夹着课本和电脑，穿过绿草茵茵的操场去上课时，迎面拂来的是异国他乡的春风，擦肩而过的是各色人种的学生，这令我常有一种很不

草地上插的蓝风筝，是一种全国性公众宣传活动标志，意在增强人们对儿童受虐与忽视问题的重视。

真实的感觉：这是我吗？我怎么跑到美国的大学里来当老师了？我的意思是说，我连中国大学生也没教过，我的英语如此可怜，怎么就进了美国的高等学府？

这么一说，我就很想学学那些走红的艺人，弯腰低头感谢这个感谢那个了。先感谢爹妈生了我养了我，再感谢"春草"感动了我让我写出这本书；然后要感谢吴老师和李老师对我的信任，发出了邀请；还要感谢我的领导如此开明，在我接到出国邀请后毫不犹豫地支持我出来；当然还要感谢我的家人和我的同事支持我，为我分担责任。甚至要感谢我们家钟点工小罗，在我们一家各奔东西之时，替我照顾好老贝（狗狗）；最后还要感谢改革开放，如果不是改革开放，春草哪会有今天？我又怎会走出国门？

最好的感谢方式，就是不辜负大家，好好干活儿。

邂逅一场大雪

在准备赴美的行装时,我想我到达时已是三月底了,一周后就是 4 月,无论如何,春天该到了。于是便以春装为主,冬天的衣服就带了一件大衣,旅途上穿的,但在最后时刻,我又加了一件羽绒服,后来的气候证明,这件羽绒服加得太有必要了。

就在三月的最后一天,一场大雪突然降临。

那天早上起来,我感觉天很阴,冷风飕飕地刮。虽然车里是暖和的,屋子里也是暖和的,但我还是不喜欢这样阴冷的天气。我穿上了羽绒服,又在羽绒服外面加了大衣,然后围巾帽子,全副武装,把自己搞得像个馒头一样。

在去学校的路上,我跟谢老师抱怨说,这马上就四月了,怎么还这么冷啊?春天怎么还不来啊?谢老师说,今年就是怪,你没来之前那几天,已经很暖和了,这个星期不知怎么又冷起来了。

谢老师也替老天爷感到歉意,还说,哥伦布哪儿都好,就是冬天太长了。你看老袁的菜地,迟迟无法耕种。

的确,比我们更关心天气的,是老袁。他的菠菜韭菜茼蒿,他的辣椒西红柿黄瓜,都等着暖融融的春天来临,破土生长呢。

没想到老天爷变本加厉,大概我的抱怨被他听见了,索性来了一场大雪,

雪中的房屋如童话一般

好让我知道哥伦布真的冷起来是个啥样，看你还抱怨不抱怨。

下午我上完课，正坐在办公室准备下一次的课，突然感觉天特别暗，抬头一看，雪花纷纷扬扬的，满眼都是。

我无法相信，连忙站起来趴着窗户往外看，哇，真的下雪了！而且非常之大，不是若有若无那种，几分钟之内，世界就白了。

真是不可思议。

虽然我也见过六月大雪（在西藏），却依然对这场阳春三月的雪感到震惊，无法淡定。我站在那里看，忽然感觉老天爷这场雪是为我下的，为我补上冬天的课。

谢老师跑进办公室喊我：咱们赶紧回家吧，雪再大路就不好走了。哦，不开车就想不到这个，我连忙收拾了东西跟她上路。

雪越来越大了，世界顿时成了白色的。因为我们是从城里往郊区开，所以人烟稀少，房子也很少，更感觉到雪世界的寂寞。想起一位朋友曾写过一幅字：寂寞如雪。而我的新长篇的题目却是"盛开如雪"。也许盛开和寂寞，对雪这样的生命来说并不矛盾。寂寞是常态，盛开是一瞬。往往灿烂的一瞬，会耗尽所有生命。

我们顶风冒雪在路上行走，当然顶风冒雪的主要是谢老师，她开车，我则坐在后面拍照，同时胡思乱想。

谢老师的车速很快，因为美国的公路开慢了会被警察拦下的。谢老师曾遇到过。所以即使下雪，她依然开得很快。我只好将就着车速隔着玻璃窗，拍了些雪景。

即使如此，那些景色依然那么美丽。

我们每天要路过的那条林中公路，如仙境一样，路两边来不及泛绿的褐色的枝干，在裹上了白雪后，得道成仙了；而那些雪地里的一栋栋房屋，则如童话般幽静神秘……

谢老师的一句话，让我回到现实中，她说，再这么下，路就不好走了。铲雪车该出动了。今年冬天，我们被大雪困住，网络断了，还停电，真是难熬。

是啊，这样的雪世界，是好看不好过啊。我在谢老师的博客里看到过她写的雪灾的遭遇，她去看女儿，还被堵在外面回不来。他们家的路被雪封死，还是邻居用铲雪车帮他们开通的道路。

人对自然，总是这样矛盾着，欣赏着，抵抗着，依赖着。爱着，恨着，终于顺利到家。谢老师家门前也是白茫茫一片。

我顾不上进屋，先去看门前那片郁金香。两天前我看到它们已经打花苞了，不知遭遇这样的大雪，能不能抗过去？十多天后，它们就用鲜艳的花朵告诉我，它们抗过去了，它们很坚强。

我在暖和的书房里坐下，望着窗外仍在飞舞的雪花，打开电脑整理一路上拍到的照片，发到网上给朋友们看。

我很幸运，我只能说我很幸运。在阳春三月，与一场大雪邂逅。

春天来到哥伦布

（到哥伦布没几天，当地一家华文报纸《伊利华报》的主编浦瑛就来学校采访了我，还让我写一篇千字文，谈谈初到美国的感受，与采访文一起发表在伊利华报上。我便写了下面的文字，是应景，也是真情流露。）

这是我第一次来到美国。

国内的朋友说我一到美国，就进入了美国的中心。的确，俄亥俄州不仅在地理位置上居于美国中心，在历史上也是很重要的，从这里曾先后走出了7位美国总统，它还是发明家爱迪生的故乡，飞机发明者莱特兄弟的故乡，也是美国第一位环绕地球的太空人约翰·格伦的故乡。人才辈出。我所访问学习的俄亥俄州立大学，更是一所著名的大学，学生的数量和校园占地面积都可称为美国大学之最。所以，能来到这里生活工作三个月，我真的很荣幸。

正值春天，每一天我都能感受到大地的变化，草地一天天泛绿，花朵一天天鲜艳，树林一天天丰盈。我们每天去学校要经过的那片树林，眼看着从褐色变成了绿色。树下的河水也一天天涨起来。我喜欢这样的季节变化，感觉离自然特别近。我生活的地方在中国成都，虽然也是一个美丽的城市，但因为人口

裘山山

中國著名軍旅作家、全國人大代表

裘山山的部分出版及影視作品

4月8日，我在俄女俄州立大學外語中心李毓儀老師的辦公室認識了裘山山，這是一位典雅文靜的女作家，尤其她的開朗深厚的酒窩，在她微笑的瞬間更讓人體會到中年女人的魅力。我們在一起2個多小時，東南西北都天南地北無所談遙，裘山山的自信和謙虛給我留下了很深的印象。她說她是一個幸福的人，她生活在快樂之中，有一份喜愛的職業，有一個體貼的丈夫和懂事的兒子。這是她第一次來美國，她很幸運能在北美東方文化的搖籃大學學院工作三個月。我笑著問她，如果見到夫婦和伊利諾州首府她是否十分欣然的答應了。

裘山山1958年出生於江蘇杭州人，1976年入伍，1979年入四川師範大學中文系，1983年畢業。曾在部隊文化教育、文學刊物主編工作。1995年加入中國作家協會。是專業的軍旅一線創作者，是享譽國際成就斐然的專家。1978年起，她開始發表文學作品，迄今已發表作品約300萬字左右，主要作品有長篇小說《我在天堂等你》、《剛滿是寂寞的》、《春草》、《小說集《裘山山小說精選》、《白領軍人》、《落花時節》、《一路有軍歌》《高原曠野》，散文集《女人心情》、《瓦片的樹》、《一個人的遠行》、《分之四嬰姻》及軍事部門部主編的……

《從白衣天使到女將軍》、彰影劇本《遙望重生》、《我的格桑梅朵》等劇本《女兵甲園兵》、《走進遼寧芬苓》。

裘山山是一位軍旅作家，又是全國人大代表，她的作品曾榮獲首屆文學獎、中國人民解放軍文藝獎、四川省第二、第三、第四屆文學獎、成都市政府金芙蓉文學獎、《小說月報》第八、九、十、第十一屆、第十三屆百花獎，以及夏衍電影文學劇本獎等若干獎勵。餘有部分作品被翻譯為英文、俄文、日文和韓文。現內中國作家協會全委委員、四川省作家協會副主席。在來美之前，曾隨團中國作家代表團訪問過俄羅斯、日本。

我剛家後一口氣讀完了她的自傳散文《一路有軍歌》裘山山在她幼小的年齡承受了喪親、意想到的母親被打成右派，她被抓到鄉下親戚家。但這個平凡突然遭到的遭難女孩，在學習上還通知先當兵部隊快快找街標兵。並且可以像別個月就將上大學的獨木橋地跑可以像個叫一樣，挑著百十斤的擔子忍兩閒的自由行走，更可以獨自一人12次大西線，走遍高原的軍營。裘山山學的是漢語言文學專業。到她是學畢業，畢業後學校安排她在地區第師軍東省大學的，當時化了重大又給貢易級幫畢回軍後工，同在學業完成終就組織絕對支援。裘山山到軍區，她的工作態度家裡一樣，精彩永接。

我不想在眼前的2小時夫婦觀察裘山山，但從她的故事中相接到他滿著快樂家庭的生活。在她的作品里有一句話我的我「人生兒務。在路上。」不能指望絕非是國途，但你可以走未一路有歌。裘山山她的生活的態度是，裘山山的辛福是獲得心理滿足，而不在多多的。有一件事可以證明，她熱愛盛都，自己挑選花1萬880元的散裝敏在這樣地聚著著名的聚C家裡，可是家上商人機那為她的小說《我在天堂等你》一文後的版權費，裘山山調這老裘家對我們思念的一種感受，還是花高電認是真支持。

「裘山山是一顆新喜的向家，又是一個什么這那時，著事人氣，待人真誠。到朋友相處，不管怎麼她小遺是忘她大噎噎像衆大陆飯園的，鄧朋人看歌，跟人們都鄧家和她五一起」。裘山山則在發住在位女俄州立大學東亞系的新老師家盛老師這樣告訴我。我看看當在一旁的裘山山，應看他滿口的喜歡你下在她生活中唯一的事情我也不是我住己的事一們，人生中有人多的東西讓我們去體驗。去愛。到然開我講裘山山試談她國中的美國。她欣然答應。下面是她來美到哥倫布20天時，所寫下的對哥倫布的感受。

春天來到哥倫布

這是我第一次來到美國，國內的朋友原我一到美國或是大了美國的中心、之後，俄女俄州不算在美國的地圖記上？到美國中心、已歷久上也是很繁华的。這是我的朋友走出去了仁不誠識的，它還是得到時享愛鐵生的的敢動，我幾研究了科學的長期的家思。他是某越街的一位都通俄州立大學州外國研究生的收關，人大一所著名的大學學生先是題俄州的植园的情操可像很多識人之，從，就委到我怎麼走上工作與自走起好的。

在當春天友時，不是是都能夠感受到大地的變化。美國人是這一天大好了幾個不知天氣的情形，去俄州不是如是以俄州上東了美國的85,的歷史文化，大部分大學的的了，在藏起這樣的了解，即使現真正的真相，如果我看到，美學的的部分，到現在我們對習俗的……

在OSU校園裡，青春年少的學生們，由於春風的吹起動力，與他們的溝通交流，讓我住線到了文化差異的同。更多能感到了共同點，是即使是水其中遠方的中國，如果我不知，我學們的時俗，料如我們都不足的生命。

在當春天友時，不是是都能夠感受到…
…
…

上了当地华文报

哥伦布市区一角

春天来到校园

棠梨花处处盛开

仿哥伦布的帆船模型

哥伦布市区一景

众多，每日都处于喧闹之中，春天到来时，赏花的人常常比花还多。相比之下，哥伦布是如此安宁，听不到一点儿喧闹，只能听到风声和鸟鸣，甚至能听见春天的脚步。每每沐浴着春风行走在原野上时，我都感到特别惬意，恨不能张开双臂将整个春天拥抱在怀里。

但是我想说，最能让我感受到春意的，还是这里的人。

虽然只有半个月时间，我对此已经有了很深的感受。无论是当地的美国人，还是已经在这里生活了很长时间的华人，只要与他们相遇，他们都会给我最亲切的微笑和最善意的问候。在学校，在商场，甚至在路上，一张张陌生却亲切的笑脸，让我这个初来乍到的人消除了拘谨和不安，还让我在很短的时间里爱上了哥伦布。

在 OSU 校园里，青春年少的学生们，也如春风般充满活力。与他们的沟通交流，让我在感受到文化差异的同时，更多地感受到了相通，那就是人类所共同拥有的感情，如罗素所说，对爱的渴望，对知识的探索和对人类苦难的难以忍受的怜悯。我相信这样的共同感情，会让我们存异而求同，一起度过愉快的时光。

春天来到哥伦布，春天的哥伦布将永远留在我的记忆里。

亲临汉语桥大赛现场

原先也看过汉语桥大赛，在电视上。那个时候，看到老外说那么流利的汉语，唱那么有滋味的中国歌儿，或者唱京剧，或者打太极拳，就觉得很好玩儿，很开心。却从来没想过我会和这个大赛发生什么关系。现在不但亲临现场，还被封为"颁奖嘉宾"，正应了那句话，一切皆有可能。

当然，我亲临的不是那种全国转播的大赛，只是校园里的一场预赛，全称很长："第二届汉语桥美东地区大学生中文比赛暨第十届汉语桥世界大学生中文比赛纽约预赛"。这场预赛放在 OSU，有美东地区的二十多所大学的代表前来比赛。从 2001 年开始，汉语桥已举办了十届，名声越来越大，影响越来越广。而 OSU，是一个产生过许多优秀选手的校园，所以将预赛放在这里。学校对此很重视，校长到场讲话；东亚系的主任玛瑞教授和汉语中心的吴伟克教授更是亲临现场，一直观看比赛。

我因为是跟着李老师去的，所以很早，比赛尚未开始。看到很多中国留学生在现场忙碌，一问，才知他们是来做志愿者的。李老师告诉我，每次汉语桥比赛都有中国留学生做志愿者。好样的。李老师自己也是个志愿者，抱着摄像器材去现场，做这做那。两位主持人上场，女主持是中国女生，男主持就是汉语中心的裴赟老师，我们常常在一起研究春草教材，已经很熟悉了，他可是汉语桥某一届的冠军呢。

我坐在第一排，很认真地从头看到尾。比赛分为本科生和硕士生两个等级。本科生都是刚学汉语一到两年的学生，表达还不太流畅，硕士生就厉害多了，不但汉语说得流利，话题也更有深度。我发现黑人选手挺多，尤其在本科那组里，好像有六七个，他们的特点是才艺比赛很出色，跳舞唱歌都有两下；貌似亚洲只有一个，其余是白人。从这里比赛胜出的，就去纽约参赛，纽约胜出的，再去中国。所以这里是最基础的比赛。不知能产生几位去中国的选手？

其中有两个学生让我佩服得不行，一个男生一个女生，都是白人，真是学语言的天才，已经掌握了四门以上的外语了。听他们的口气，学外语是一种乐趣。

演讲的题目形形色色，打动我的有那么几个。有一个白人学生演讲中西文化的异同，他认为现在人们往往看重差异，而忽略了相同之处，其实中国人民的很多愿望和美国人民是一样的；还有一个男生，讲他在中国时遇到的一个农民工的故事，讲述得很有感情，因为那农民工是个退伍兵，他也是退伍兵。还有一位的题目是《我心中的拉萨》，无比抒情地表达了对拉萨的喜爱，深合我意。

看得出每个选手都是精心准备而来的，演讲不能长，但要有特色，不是容易的事。我去美之前，也曾帮参赛选手修改过作文，深知不易。有位女生的题目很诗意，《我想成为鱼》；另有几位则以幽默取胜，引起阵阵笑声。有个黑人小姑娘汉语很一般，不太流利，但她的舞蹈真是优美。还有两位的歌儿唱得特别好，唱的还是中国流行歌曲。有个黑人小伙子也很可爱，演讲时两条腿踩着节拍抖动，好像随时可能起舞。他讲的是《我爱中国功夫》。感觉黑人的四肢真是很灵敏。

中间我去卫生间，还目睹了一个小花絮，一个白人姑娘躲在卫生间打电话，她在电话里小声跟对方说着什么，然后就唱起歌来，是中国歌，《城南旧事》主题曲《送别》。我一下反应过来，她唱的是一会儿要登台参加比赛的曲目，她在

校长亲临大赛

参赛学生之一

参赛学生之二

参赛学生之三

让对方给她纠正声调和发音，我估计对方是个中国学生："长亭外，古道边，芳草碧连天……"

唱完了，大概得到认可，她朝我灿烂一笑。样子很可爱。

比赛中，有个很高的黑人男子一直在场内走来走去，似乎心神不宁。后来我发现他是陪女儿来的，她女儿也很高，大概有一米八的样子，穿了件蛋黄色的旗袍。女儿在台上表演时，他一直站着在看，很专注。女儿的汉语说得还不太好，但后来也出线了，本科组的。我真为他们高兴。比赛结束后，我找到他们，给他们拍了张照片，也跟他们合影一张。但我站在他们中间，真的成了峡谷。不好意思。

比赛结束后，胜出的选手登台，进行了几个娱乐性的汉语问答，那些问题不要说美国人，就是中国人也很难讲清楚，就好像中国学生的英语试题美国学生也很难得高分一样，完全是为了难住人而设计的。比如这道：

阿呆给领导送红包时的对话：

领导：你这是什么意思？

阿呆：没什么意思，意思意思。

领导：你这就不够意思了。

阿呆：小意思，小意思。

领导：你这人真有意思。

阿呆：其实也没有别的意思。

领导：那我就不好意思了。

阿呆：是我不好意思

请问这段对话里的"意思"都有哪些意思？

还有另外几道，也都很搞笑。不过主持人也知道难回答，所以一般挨上边

汉语桥大赛的两位主持人

儿就都算对了，奖品是优盘。

我感到遗憾的是，此次 OSU 的学生一个也没有参赛，因为种种原因吧，若参加的话，就我的了解，肯定前几名，肯定出线。我班上的学生已经有表示明年一定参加的了。祝愿他们成功。

比赛结束时发生了一件很有喜感的事。本来我和杨老师（另一位来自中国的访问学者）是作为颁奖嘉宾去的，我还为此穿了正装。可到最后不知为何把颁奖环节取消了（也许并没得奖只是出线？）。组织者觉得让我俩等了半天没派上用场不妥，在答谢辅导老师时，就把我们两个也作为辅导老师一起弄到了台上（那些辅导老师都是参赛选手的老师，分别就职于美国的好几所大学）。于是我没给别人颁奖，反倒得到了一个奖品。真是太意外了。一来因无功受禄而惭愧，二来为得点儿小便宜而欢欣，（奖品就是 U 盘）。所以合影时，我一脸严肃，内心却在纠结。呵呵。

初识美国学生

今天上课，一男生穿了件文化衫，前面用汉语写着：请和我讲中文；背后写着：我只讲中文。我乐，问他是买的吗？他告诉我是他在北京学习时老师送他的，因为那段时间他发誓一个月之内不说英语。不过，即使这些洋学生学习汉语已经两年多了，完全能听懂汉语了，也喜欢中国文化，但他们依然是地道的美国学生。我在他们身上感受到了很多差异。很有意思。

比如上周我布置了一个作文，让他们根据春草的故事，写一个遇到困难时得到帮助或者帮助他人的小故事。为了让他们明白什么是小故事，我从网上找到一篇短文给他们看，一个女孩子说她去滑冰，因为技术不好，被一群速度很快的人撞倒了，摔倒在地，很疼。那群人滑过去后，只有一个人回过头来扶起她，问她摔疼没有，要不要紧？那个女孩子觉得这个人心眼儿真好，心里很温暖，并且觉得他的助人为乐的精神值得自己学习，以后她滑冰时看到其他孩子滑倒了，也帮别人扶起来。

不想其中一个女生看了后写了篇读后感：《为什么只有一个人来扶我》。其主要观点不是批评那些不来扶小女孩儿的人，而是帮那些人辩护。她说，我认为那些没有过来扶她的人不是坏人，因为他们认为她自己可以起来，不需要别人扶她。我以前去滑冰也经常摔倒，我的朋友都在一边笑，不会来扶我。我也

坐在窗台上看书的学生

边走边玩游戏的学生

不认为他们不好。这个女孩子小题大做了吧？（小题大做是我加的，我从她说话中感觉到这个意思。）

我有些意外，但也认可她的观点。我在点评时说，不是说滑冰的小姑娘摔倒了，没人帮忙自己就起不来，也不是说那些不去扶小姑娘的人是不对的，而是在她摔倒的时候，有人来帮她、关心她，让她感觉心里很温暖。在我们中国人看来，人与人之间，感情上的支持比帮你做一件事更重要。比如你的朋友失恋了，你和他谈谈，安慰他两句，虽然你并不能帮他找到新的女朋友，但他会感到温暖的，有利于渡过难关。

他们点头表示认可。但也不知道是否真正接受了这个观点。

后来交上来6篇作文，有两篇是写自己遇到困难时得到了别人帮助的，有一篇是写自己帮助了别人的，有一篇是写互相帮助的，还有两篇是议论文（其中就有刚才提到的那个女生），阐述遇到困难时自己会怎么做的。

总的来说，他们是肯定有困难应该互相帮助这个观点的。

但我知道，在美国人的观念里，还是认为凡事都应该靠自己。他们的车库里摆着上百件工具，修灯修路修家具修洗衣机修玩具剪草撒农药洗衣服熨衣服等等，一切都自己动手，甚至女人染发烫头也都尽量自己做。我来这里这么长时间了，极少看到洗衣店和美发厅之类的服务场所，也没有美容院，更不会有什么洗脚浴足的服务。他们这么要求自己，也这么要求别人。

比如我每次到教室，学生从来不会上前接过我的东西，或者帮我拿凳子什么的。不仅仅是我，汉语大赛那天，我看到组织者之一的李老师，拿着一些很重的器材到现场去，几个学生看见后都跟他打招呼，李老师好，李老师你来了，但没有一个学生上前接过李老师手上沉甸甸的器材。这让我很不习惯。比赛中间，汉语中心主任吴伟克教授抱着十几瓶水进来，一一发给评委，也没有一个学生过来帮吴老师发。须知这两位老师都是年过花甲的老师。

平时上课，他们进教室找一个座位坐下就不管了，有时我进去，我的位置上没有凳子，我得自己去搬，他们坐在那里一动不动。下课也是，拿上自己的东西就走，绝不会帮你擦黑板什么的。

当然他们走时会说一句，谢谢老师，或者老师再见。

也许在中国老师看来，这些学生不懂事，甚至会认为没有教养。但在美国人眼里这很正常，因为他们认为自己的事情就该自己做。还有，除非别人开口请你帮忙，如果别人没开口请你你就去帮的话，反而不尊重别人，轻视了别人的能力。在他们看来，李老师和吴老师自己能拿动那些东西，我也完全能搬动凳子，完全能擦干净黑板，不需要他们帮忙。帮忙了，是对我能力的不信任。不存在不尊重老师的问题。（不过忽然想到，在国际事务中的美国人，似乎又不是这样的，很喜欢"帮助别人"，也许那是另一种美国人。）

仔细一想也是，我又没老又不残疾，干嘛指望别人帮忙？但作为一个中国老师，就是会觉得不太对劲儿。也许是根深蒂固的师道尊严在作祟吧？当然我没打算去改变他们。

还有一点让我不适应的，就是人与人的关系很淡漠。虽然他们在任何时候见了面都会点头微笑，不管是否认识，有时车从身边开过，车上的人都会跟你摆摆手打个招呼。你出门进门碰到陌生男士，他一定会给你开门让你先走，显得彬彬有礼。但真的近距离接触，他们却并不热情，甚至没有起码的感情交流。

比如我给学生们发邮件，有时是修改后的作文，有时是发送教学计划，有时是发送参考文章，我都会给他们写上几句话。尤其是修改作文，我会很详细地点评，告诉他们怎么修改，但他们收到后都不回复我。起初我很不习惯，见面问他们，你们收到我的邮件了吗？他们说，收到了。语气平淡，并没有感到什么不妥。

我私下请教已经来美5年的谢老师，你的学生收到你的邮件回复吗？她说不回复，都这样。我曾经要求他们回复，但没能培养出来。可在我看来，即便不是你老师，收到别人邮件也是应该回复的，哪怕只有几个字：收到了，谢谢。

在校园里演奏的学生

社团活动日

何况我花了那么大心血，这是起码的礼貌呀，怎么可以置之不理呢？

不过我还是决定入乡随俗，不回就不回吧。

有一天一个男生没来上课，我发伊妹儿问他怎么了，按规定他应该提前发电邮给我请假的。他回复说，我母亲生病了，我开车送母亲去医院，然后还要去处理社保方面的问题（大概是缴纳医药费），所以没来上课。对不起。我给他返回作文时就写了封信，告诉他作文已经修改好了，希望他再对照原文看一下。最后我说，你母亲的身体好些了吗？希望她早日康复。

我的这个关切是发自内心的，可是他一个字也没回我。

我想也许这算是私事？我不该过问？

今天他又迟到了，并且看上去有心事的样子。我已听说他的父母离婚了，他和母亲一起住。所以下课后我很想关心地问问他，是不是母亲身体还没有好？可是从这几个星期上课的接触我感觉到，他是一个很内向的人，他甚至在作文里说，当他遇到困难时，他不喜欢告诉别人，愿意自己解决。而他的解决的办法就是读哲学，读哲学让他明白，困难都是暂时的。

面对这样一个学生，我只能收起我的中国式的同情和关心，假装不知道他面临着困难，让他自己去读哲学。

当然，在改变我的思维方式和情感表达习惯的同时，最需要改变的是我的教学方式。美国的课堂是绝不能灌输的，只能启发。我就努力改变习惯，尽量少说，少讲解，而是让学生自学，在课堂上提出问题，再进行讨论和解答。学生们对这种方式很适应，也许应该说很习惯，他们随时要求发言，即使说错了马上又会要求再说，还很乐意站到台上来演讲。遇到不懂的问题，不管大小，一律提出来，不会在意面子。所以很少有冷场的时候，这点让我很喜欢。

他们的学习态度我也很欣赏，非常认真。有时我到教室，会看到一两个同学在练习对话，或者在黑板上写刚刚学会的成语。按教学计划，每周要写一篇作文。我原来很担心他们不能完成，毕竟汉语只是他们其中的一门课，他们还有其他很多课。但他们总是按时完成，在规定的时间里发到我的邮箱。在我修改后，又用中文抄写一遍交给我。每周如此，他们都能做到。这一点也让我很喜欢。

气温零度仍穿短裤

我看到了世界上最大的花朵

今天（4月26日）下了课正准备和谢老师回家，李老师忽然打来电话说，他刚刚在学校网站上看到消息，本校的泰坦魔芋花开放了，要不要去看看？

我很好奇为什么要专门去看一朵花？虽然我很喜欢花。

李老师说，这花可不一般那，在全美国也就只有三十五所大学才有，他们学校这个，是培育了十年才开花的。昨天开的，已有2千多人去参观了，今天还可以参观一天，明天就谢了。

我一听马上就来劲儿了：去去去，当然去。

我从一本科普杂志上了解到，这一奇特的花卉，是意大利植物学家Odoardo Beccari 于1878年在苏门答腊岛西部的巴里散山脉中发现的，他将它的种子寄往了英国伦敦皇家植物园邱园。在那里，一些全世界最顶级的园艺师花了11年的时间才使这种植物开了花。除了很难被培育外，泰坦魔芋花的气味也是臭名远扬——每当佛焰苞张开，露出深紫色的内表面，里面半隐半现的小雌花便会散发出一股像腐烂的尸体一般的气味。这可以吸引它的传粉者：吃腐肉的甲虫以及食肉蝇。人们普遍认为它是世界上最大的花朵。这一珍稀植物虽然是雌雄同株，却又必须异花授粉，一般能活40年左右，在它的生命期内只开两三次花。

"大臭花"全貌

有意思的是，OSU 这株泰坦魔芋还有个名字呢，叫"伍迪"。

我看介绍说，它是从三天前的 23 日下午开始散发臭味的，随着时间推移愈来愈臭，仿佛一堆垃圾在烈日下暴晒多日后散发的味道。下午三时工作人员发现有苍蝇开始围着花苞打转了，到晚上苍蝇已经成群，果然，夜幕降临时，它开放了。第一天去看它的人，充分体验了它的恶臭，每个人的面部表情都有点儿扭曲，想微笑表达惊喜又忍不住皱眉。

我和谢老师在李老师的带领下，来到 OSU 的生物科学系的温室，果然有很多人在排队观看。还好我每天都揣着相机到学校，遇到这样的"突发事件"也可以拍片和大家分享了。当然，其特殊的气味无法分享，刚才百科知识说了，这花不仅体积大，味道也大，臭不可闻，故名尸体花。但我觉得尸体花太难听了，还是叫大臭花比较好。

不过我们去时，已经是开花的第三天，最臭的时期过去了，至少我在室内没有被臭晕过去，仅仅闻到一点点味道。花朵也没那么鲜艳了，但还是有不少苍蝇在飞舞。不过参观的人里没有一个作捂鼻子动作的。我仔细看了介绍，这朵大臭花是 2001 年播种的，2002 年发芽。到今年才开放，整整 10 年，真不易！花朵的块茎重 47 磅，块茎的直径长 16.5 英寸。整个花朵大约有三米高。介绍里恰恰没写高度，也许是很难丈量，我是根据旁边站着的人判断的，比我差不多高一倍。

花朵外部是绿色的，内里是紫色的，有些像紫色金丝绒。中间的花蕊像一根擀面棒长长地伸出，黄色的。因为太高，看不到花中心，工作人员就在花朵背后切了一个小窗口。我用相机拍了以后再放大，看到里面排列着一粒粒的暗紫色的像小葡萄一样的东西。

真是神奇的花朵啊。到美一个月，就遇上了这么稀奇的植物开花，而且这花的花期很短，只能开放两三天时间，一旦结束生命，那巨大的肉穗花序就倒塌了。我却亲眼目睹并拍下了珍贵的照片，真是幸运。

温室一角

来参观的孩子很多

有意思的是，此后一个月的某一天，5月27日，李老师在网上看到新闻，中国的第一朵大臭花也开放了，在北京植物园。中国这一棵的名字叫"牛魔王"。

在国外，每一朵泰坦魔芋花的开放都是重大事件，有植物爱好者甚至会坐飞机赶去参观。但北京的这朵不知是不是因为宣传不够，没有引起太大反响。不过，"牛魔王"还是引来了一位重量级的人物，他就是英国爱丁堡皇家植物园的植物学家斯蒂芬·伯莱克莫尔。

这位植物学家说，泰坦魔芋花是极少数具有超凡魅力的巨大植物之一，能够与在物种保护与公共意识方面得到极大关注的大型的超凡魅力动物媲美。"对我来说，它便是植物园中的大熊猫。"

伯莱克莫尔不仅观看了"牛魔王"的开放，还采集了它的花粉，准备寄回爱丁堡，和他的研究团队一起，尝试着为他们种的一棵泰坦魔芋花授粉。也就是说，中国这棵大臭花还有了跨国婚姻。

在取走花粉之后不久，这棵牛魔王的短暂一生也结束了。当它倒塌时，植物园里培养了它多年的女植物学家掉下了眼泪，因为这朵花就像他们的孩子一样。

我曾经写过一篇热爱植物的文章。但现在对我来说，不是热爱，而是崇拜。

祝您"妈节"快乐

虽然是在美国的大学里讲课，每天所讲的却是中国的事情，中国人的生活，因为是以《春草》为教材嘛，这种体验真的是挺新鲜的。《春草》不仅有农村生活也有城市生活，更有大量的中国传统文化和习俗，包括中国人的为人处事习惯、生活态度等等。为了帮助美国学生加深理解，我每周都会选一个主题作为重点，比如邻里关系，讲讲中国人为什么会重视邻里关系，为什么会说远亲不如近邻；又比如塞翁失马，讨论一下中国人为什么会有福祸相依这样的生活理念。

有一周讲到春草的母亲得了重病，母亲舍不得钱不愿意做手术。可春草坚持要她做。为了给母亲治病，春草把辛辛苦苦积攒下来的全部存款都拿出来了，令家里再次一贫如洗，还为此和丈夫发生了矛盾。我就把那一周的主题，确定为"孝敬父母"。毕竟这是我中华民族的优秀传统，值得传播。

学到这部分时，美国学生很难理解。尽管我告诉他们，像春草母亲这样的农民，既没有退休金，也没有医疗保险（我国是近几年才开始建立农村医疗保险的，春草的故事发生在上个世纪），遇到治病这样的大事，只能靠孩子。他们还是不太理解，在他们看来，父母怎么能这么拖累孩子呢？孩子都结婚成家了，有了自己的生活了，还要来管父母的事吗？父母应该自己管自己才是。

我的洋学生

我在上课

餐厅里，很多家庭全家一起给母亲过节

我告诉他们，"孝顺"在中国的传统观念里占有很重要的地位，中国古代曾经有二十四孝的故事，虽然今天看来其中有很多做法已不可取，但它至少说明了孝顺这一观念在中国历史悠久，根深蒂固。因此，在中国子女奉养父母是天经地义的。于是有了多子多福、养儿防老这样的说法。即使在城市，孝敬父母也是每个子女必须做到的。这其中除了经济因素之外，也有伦理观念。在中国人看来，所谓孝敬，不仅仅指给予父母物质生活上的支持，还包括要给予父母精神层面的安慰，比如经常去看望父母，过年时与父母团聚，父母生病时在床前侍奉。等等。子女若是不孝敬父母，是会被社会谴责的，严重的，父母还可以将其告上法庭。前不久中国有专家建议出台一部法律，规定子女必须定时看望父母，否则将算作违法。

学生们听了我的讲解，貌似明白了，估计心里还是不太理解。没关系，那一周的作文，我就让他们以此为主题，写写孝敬父母的故事。一来是想让他们加深印象，二来也想看看他们是怎么对待父母的。我估计这篇作文对他们来说有一定难度。

果然不出我所料，作文交上来后我一看，他们基本上讲不出什么孝敬父母的故事，也许是因为他们还小，父母还年轻。有两个比较靠近一些的：一个是写小时候他面临家庭暴力时，怎样帮助母亲摆脱困境的故事，写出了他既心疼母亲，又不想伤害父亲的心情，表达了对父母的爱；还有一个是写母亲身体不好，他想帮母亲减轻经济负担，因此不得不选修一个他不喜欢但容易挣钱的专业，为此苦恼，也算沾边儿。有一位读博士的学生写的是议论文，他从理论上分析了中国为什么会重视孝顺（如乡土观念等），而美国为什么没有这个观念；交作文时他跟我说，裴老师，这篇作文真难啊，花了我很多时间。

他在结尾处写道："不同的国家有不同的文化，从各种各样的文化中衍生（出）他们独特的观念。中国人常常问我：'你们美国人怎么能把父母放在养老院？有没有尽孝？'我回答：'你怎么（能）跟父母住在一起？疯了吗？'这

（就）是两个不同的角度（观念产生的碰撞）。我觉得因为美国人没有乡土观念，因此就没有孝顺的观念，但你不能说哪一种文化是对的，哪一种是错的。"

括号里是我修改的。他在文章的前面还说："中国有句老话，父母在，不远游。但在我们美国，就是父母在，远游去。"很是自豪。

点评时我说，我同意你的分析，的确是各国有各国的国情，各国也有各国的文化传统。在你们美国，大多数父母都有养老金和医疗保险，他们可以到养老院去生活，由医护人员来照顾他们。所以作为子女，你们可以放心地去远游，去做自己的事。但中国不行。虽然在今天中国也有养老院，但因为人口太多，无法满足需求，更多的老年人还需要子女来照顾。而且还有一点，即使父母没有经济困扰，子女也应当孝敬父母，那就是在情感上孝敬父母。如果你父母不缺钱花你就不管了，还是不孝。

我告诉他们，前不久我去一个中国朋友家做客，这位朋友的美国邻居打电话来请他们帮忙。朋友告诉我，邻居是一对九十岁的夫妇，虽然有三个孩子，却都不在身边。老两口自己照顾自己，开车购物，做饭收拾屋子。孩子很少来看他们。平时遇到困难，就找这对中国夫妇帮忙。如果他们实在想见孩子了，就打电话约一个中间地点，然后各自开车过去。老人九十多了，还要自己开车去看孩子。我虽然知道这在美国很正常，但听了还是觉得挺难过。我认为子女不管父母经济条件如何，生活能力如何，都应该尽孝心。

这里我必须讲讲我的朋友李老师，李老师到美国已经二十多年了，老母亲一直跟着他。前些年他也和其他美国人一样，安排母亲和她姐姐一起住进了养老院。但他的不同在于，送进养老院后，他依然尽量每天都去看望母亲，下班后先看母亲再回家，每次出游时都会带上母亲（把轮椅放车上），他总是想法让母亲有机会见更多的人，和人说说话。而且他每次去养老院，并不是看一眼就走，而是要陪母亲走走路。母亲已经91了，不大愿意走路，他总是哄着她，扶着她，日复一日，从不偷懒。因为他的孝敬，他的母亲至今声音洪亮，头脑清

我的生日与母亲节几乎同时，学生们送我的礼物

楚，每天写日记。在我看来，这才是完整的孝敬。

听我讲了这两个故事后，学生们似乎若有所思。

那节课之后没多久，就赶上了母亲节。周五下课前我说，这个周末除了完成作业外，我还希望你们做一件事，就是给你们的妈妈打个电话，因为星期天是母亲节，请你们祝妈妈节日快乐，如果能买一束花当然更好了。

好几个学生噢了一声，似乎是说差点儿忘了，并且频频点头，表示一定会做的。我很欣慰。看来美国孩子也是对父母很好的。当时那位写"父母在，远游去"的学生提前走了，我就给他发了个电邮，我说，这个周末是母亲节，请不要忘了给妈妈打个电话哦。他回信说，裘老师，我当然会祝我妈妈节日快乐，明天我打算回家去跟父母一起过妈节。我也要祝您妈节快乐。

我乐了。我回信告诉他，我们中国人不说"妈节"，说母亲节。谢谢你祝我母亲节快乐。

本来我还想说，希望今后的每一年，你都能在母亲节时给妈妈打个电话，祝你母亲"妈节快乐"。但最终忍下了，写在这里。

从路上看美国

我所访问的大学 OSU（俄亥俄州立大学）坐落在哥伦布市区，但我借住的谢老师家则在离市区比较远的郊区，这样我和谢老师每天往返学校，都要在路上花费近两个小时的时间。每次上路，都是谢老师开车我看风景。虽然我也很想开车，但因为没有美国驾照，还是守规矩的好。

在美国，没有车就等于没有腿，你会被困在家里的。比如谢老师家所在的小区，是没有任何公共交通工具可以抵达的。哥伦布仅有的一些出租车和公交车，只在市中心可见。出租车生意很少，一般是晚上喝酒的人才会要出租车。所以美国人家家有车，再穷也会有一辆。通常是二到三辆，夫妻各一辆，孩子一辆。其中必有一辆越野车。你在美国路上看到的车，越野车总是多过轿车。

所以美国人口虽然不多，车还是很多的。你想一个人长到 16 岁就可以开车了，一直要开到离世（年龄再大也可以开，只要眼睛没问题脑子清楚就行）。但美国的交通事故率并不高。我来这里一个多月了，每天在路上跑，只看到一次很小的交通事故，一辆汽车因下雨打滑，斜到路边碰了另一辆汽车。我们到学校的单边路程是 37 公里，这 37 公里在成都的话，40 分钟是无论如何到不了的。我们却能在这个时间里到达，偶尔还提前。其原因就是道路通畅。道路通畅的原因之一就是美国人有着良好的行车习惯，真的是遵纪守法。

我们一路上要经过很多路口，这些路口大多没有红绿灯也没有警察，靠一块指示牌管理，上面写着STOP。按照美国的交通法，任何车到了路口见到这块牌子都必须停下，停稳，看清楚情况再走。美国人对此遵守得非常好，即使空无一人，也会停下看看再走。谢老师说，有一次她从一个丁字路口出来，忘了打转弯灯，结果横向行驶的两边的车都停下来等她先过。

如果有行人横穿马路（当然不是高速路），那肯定是车让行人先走。起初我很不习惯，每每看到车就停下来等车过去，但总是车停在那里等我先过。当然，那种设有红绿灯的人行道，行人过马路必须等绿灯，如果你闯红灯照样罚款，据说有一华人看到两边都没车，就习惯性地走了过去，结果被罚一百美元。

路上经常遇到校车，黄色的大巴，很结实的样子，早上一个小区一个小区去接孩子，晚上再送回去。玻璃窗都是茶色的，只能隐约看到里面有孩子，这个不知是什么讲究。从校车就可以窥见美国孩子的幸福童年。谢老师他们小区有三个残疾孩子，也照样在健全孩子的学校上课，专门有一辆校车接送这三个孩子。校车车身的左右两侧和屁股后面都写着红色的"STOP"，意思是任何人不得碰撞校车。如果你开车刚好走在校车后面，那就慢慢跟着，绝不允许超过它。在路口遇到校车，大家会让校车先过。

还有一种车大家也要让行，那就是警车，准确的说，是鸣笛的警车，说明它在执行公务。听见警车鸣笛，大家自动停下来，不管是在行驶途中还是在路口，这是美国法律规定的。

这里路口的红绿灯也让我好奇，很复杂，而且直接挂在电线上。我数了一下，多的地方一个方向就有13盏，四个方向加起来常常是三四十盏。不熟悉还真看不明白。后来我慢慢弄明白了，是因为他们的红绿黄三色灯各司其职，颜色不会变化。请教当地人何故？回答说，可能是因为这些红绿灯是很久以前安装的，所以那种可以改变颜色的现代化的灯还没发明出来。

不管多复杂，顶用就好。

十字路口上方的老式红绿灯

每天都能见到的校车

警察的测速车，小区内不得超过 25 英里

当然不是说美国的路上就没有危险，危险依然很多，因为车速太快了，连大卡车都很快。美国的公路都规定了车速，慢了会被罚款的。有时晚上我们出去散步，走出小区走到了公路上，那就得格外小心，往来车辆都是呼啸而过，看见路边有人也不会减速，真撞上了还是你的责任，因为那里没有人行道，不是你散步的地方。从小快速行驶让他们养成了习惯，就是看到前面路口亮红灯了，也不减速，然后再来个急刹车。在我们看来这么做是很耗油的，但美国人不在乎。

有一天傍晚我们开车回家时遇到大雨，天昏地暗，挡风玻璃窗上模糊一片，但谢老师依旧飞速行驶，起码是每小时六十公里的速度。搞得我都有点儿担心了。我问她为何不能慢点儿？她说她吃过慢速的亏。刚来时不清楚情况，有一次回家途中路过一个大坡时，她看到前面路口正好是红灯，就放慢了速度，想着反正过去也要停车。这是很多中国人的习惯，认为没必要踩那脚油门，滑过去就行了。不想刚好被一辆警车看见，叫她靠边停下，问她为何那么慢？谢老师解释不清，就打电话给女儿，警察跟她女儿唧哇了半天，女儿才告诉她，原来警察认为她开那么慢，一定是身体出了问题，甚至怀疑她吃药了（吸毒），不能再开车，坚持要送她回家。谢老师哭笑不得，只好把车停在路边的停车场，坐着警车回家了，第二天才开着另外一辆车去取。假如家里没有第二辆车，那就麻烦了。打那以后，谢老师在公路上再也不敢慢行了，入乡随俗啊。

美国人开车还有个奇怪的特点，总是开着车灯。大白天的，一路的车灯都明晃晃地亮着。虽然我知道那也不费电，但还是不理解。是不是美国的车只要发动就自动开灯？后来有人告诉我，开着车灯可以降低约百分之零点一的车祸率。也许是为这个？

车灯开着，路灯也常常开着，大白天的，仿佛在与太阳争辉，是忘了关，还是预防着下雨阴天故意亮着？

不过这些在我看来奇怪的地方，都还可以接受，反正他们不缺电。让我看不惯的，不能忍受的，是他们对撞死的小动物满不在乎的态度。

哥伦布这个地方，人少地广，到处是草场和树林，野生动物很多，松鼠随处可见，加拿大雁也很多，还有野鹿，还有一种叫做臭鼬的小动物（当地人叫skunk，据说很臭很臭）。它们经常会从公路两边的树林里蹿出来，不幸就被飞驰而过的车撞上了。

连续几天，我都在公路上看到被撞死的小动物，多数是臭鼬，有时是松鼠，有时是鹿，有时还是加拿大雁。很远就看到路上有黑乎乎的一团，心里不由得一紧。

也许撞死小动物是难免的，车速那么快，小动物乱跑。让我不能接受的是，他们撞死了这些小动物，是绝不会停车的，更让我不能接受的是，从来没有人来搬走这些小动物的尸体，掩埋或者处理，而是任它们在路上被过往的车辆碾压，一直碾压到变成一张皮贴在地面上，看着很难受。

我觉得过往车辆不停下来处理是可以理解的，因为高速路不能停车，停车很危险。但总应该有路政局或者环保局一类的单位出来管管啊，至少应该有个动物保护组织出来抗议一下啊。这么着碾压动物的尸体，实在太残忍了。

这是我在美国路上行驶，最不喜欢看到的事。

很想问问本土美国人，他们怎么想的？无所谓吗？

消灭蒲公英

很多中国人都羡慕美国人有自家的草坪，那么整齐，那么绿，让草坪中的房屋平添几分田园风光。但很少有人知道，为了呈现这片绿色，美国人要付出多少努力，花多少钞票。可以说那草坪就是美元铺出来的，还不止一层。

谢老师家也有很大一片草坪。第一天她带我去散步时就告诉我，她家的草坪没有邻居家的好，因为邻居是美国人，早就在草坪上撒了很多化肥，还撒了很多农药，她家却一直没撒。谢老师说，我家老袁不愿意撒。他说我种菜都不撒化肥农药，干嘛还撒到草上去？所以她家草坪只是修剪，但不撒药和化肥。

谢老师的丈夫老袁已经退休了，这位前工程师到了美国后，业余生活就是种菜，他种的菜从来不用化肥农药，很绿色的蔬菜。自家吃不完，还常常送朋友。

我立即表示支持老袁，我说既然是草，就应该让它自然生长，春天来了肯定会绿的，草原上谁去撒化肥啊？不也是一眼望不到头的绿草吗？晚点儿绿就晚点儿绿呗。

谢老师说，那还是不一样的。撒过化肥的草不怕涝，我们这个地区雨水多。到了雨季，没撒过化肥的草会因为涝而发黄。撒过的就不怕，一直很绿。

原来如此。那绿色是用钱滋润出来的。

我们正走着，谢老师忽然跳进草坪，俯身拔下两棵蒲公英，折断扔掉。一边扔一边说，这蒲公英又冒出来了，一长一大片，开起花来草坪一大片黄。可气人了。

我大惑不解，一大片蒲公英该有多美！

很多中国孩子，尤其是女孩子，都喜欢蒲公英，它几乎是一个浪漫的词汇，因为它开花后会长出带翅膀的种子，随风吹到远方，落到哪里就在哪里生根，生命力很顽强。记得有位画家，就是因为画了一个女孩子在草地上吹蒲公英的画，名声大震呢。还有人会自我比喻说，我是一颗蒲公英的种子。怎么它就成了招人嫌的东东呢？

谢老师说，别提了，美国人最讨厌蒲公英了，他们的草坪上是不允许长蒲公英的。谁家草坪上长了蒲公英，就会被邻居认为太懒，没有收拾打理。

我还是不理解，草坪不就是长草的吗？长什么草不都是草吗？只要不是光秃秃的不就行了吗？还得规定长什么样的草？

那是肯定的，谢老师说，那种草不是自然生长的，是专门买来种植的。除此外的一切草都是杂草，我们从小所熟悉的蒲公英，三叶草，苦菜花，清明菜，车前草等等，一律不允许生长。

后来，我跟来美二十多年的李老师谈起这个事情，他说，美国人对蒲公英的不待见是从高尔夫球场开始的。修建高尔夫球场对草坪的要求很高，只能种那种短短的绿茸茸的草，其他草一律被视作杂草，必须除掉。后来这样的草坪被引进到美国人的家庭，慢慢成为美国人家里唯一被认可的草坪样式。为了维护这样的草坪，就有了专门经营草坪的公司，养育草籽的，生产化肥的，生产消灭杂草的农药的，当然还有生产割草机的，撒药机的，几乎是个庞大的产业链。

李老师家已经美国化了，每年要请公司到家里来撒农药除杂草，他家的草坪不算大，撒一次药只需五六分钟，但却需要付五六十美金，每年数次。这只是一笔小开支，还不算买肥料的费用，买农药的费用（除杂草除虫都需要用农

修剪达标的草坪

成片种植的蒲公英

开满蒲公英的草坪

药），买割草机的费用（割草机很贵，而且分大小和自动手动，一家起码两个以上），撒药机也是需要专门买的，也是电动的和手动的两种。请人剪草坪的话，还得另花钱，一般是自己剪，剪了还得把碎草吹掉。若是比较干旱的地方，还需要在草坪里铺设洒水管道和笼头……

如果你家草坪很大，又想弄得跟绿毯子似的，那每年花在草上的美元得成千上万，甚至好几万。那草坪就是钱铺出来的。用钱铺出来的草坪上，不允许出现蒲公英。

我还是想为蒲公英辩护，我说，草坪上开满蒲公英不是也很漂亮吗？不是也春意盎然吗？绿毯子固然很美，黄毯子也不错啊。

李老师说，在美国人看来蒲公英是杂草，如果你家草坪上开满了蒲公英，说明你日子过得不好，有衰败景象。邻居甚至可以就此投诉你。一旦投诉，政府会派人来打理，然后给你开账单要你支付。

难怪，这两天从校园过，有几块草坪开着蒲公英，谢老师就说，怎么学校还不打理草坪啊？难道也受金融危机影响了？

我有些明白了，但并不认可。

偏偏蒲公英的生命力非常顽强，属于那种很难灭绝的物种。就像芭蕉一样，只要香蕉林旁边有一棵芭蕉树，那么要不了几年，那片香蕉林就变成了芭蕉林。蒲公英也是，尽管到处是敌人，依然到处生长。

这些日子，春天终于来到了这个气候偏冷的美国平原，我走到哪里都能看到那黄色的小花，学校里，商场门口，加油站旁边，到处都是。它们甚至从柏油路下面冒出来，从石头堆里冒出来，它们仿佛和美国人较上劲儿了，你们越是不待见我，我越要生长，我还要开出花来迎风招展，气死你们。同是花草，当人们把她们养起来时，她们就变得娇贵，又是洒水，又是施肥，又是松土。当人们把她们当野花杂草来清除时，她们就变得顽强。不管你是动用机械化设备，还是使用生化武器（除草剂），她们依然是野火烧不尽，春风吹又生。

我也加入了挖蒲公英的战斗

谢老师眼看着家门前的草坪上蒲公英日益增多，有些发愁，毕竟周边都是美国邻居，人家都在打理了。偏偏她家的割草机坏了，无法快速除草。谢老师说，美国人看到你家草坪开满蒲公英会不高兴的，虽然长在你家，但怕你的蒲公英种子飞到他家草坪上。所以必须除掉。不然的话丢咱中国人的脸。

我一听事关国格，决定帮谢老师分忧。于是我们把晚上散步的时间用来消灭蒲公英，没有机械化武器，就用咱勤劳的双手。

挖蒲公英有专门的工具，因为蒲公英的根很深，一般的铲子挖不出根来，要用那种特制的尖尖的工具，深挖下去，再连根撬出来。所谓斩草除根，就是这个意思吧？我这个一直自称热爱植物的人，也终于干上了跟植物过不去的事。第一个晚上，我花了两个小时，挖出一堆，上百棵总有吧。很有成就感。第二天接着干。在连续战斗了若干天后，我们门前也终于变成绿绿的一片了。虽然两天后，又有无数黄色的小花跳了出来，好像在跟我打招呼说，你斗不过我们。

我并不沮丧，暗暗欢喜。

课堂上，正好在给美国学生讲《春草》。当讲到春草身上那种不屈不挠的精神时，我半开玩笑地说，春草就像你们讨厌的蒲公英，永远不屈服，你们挖也好，撒药也好，都不能消灭它。

学生们笑。

我说，不过我还是感到奇怪，你们美国是个崇尚自由的国度，为什么不给草自由？为什么不让各种草任意生长呢？

学生仍然笑，没有回答我。

现在我走在路上，看到哪家的草坪绿茸茸的一片，没有一朵小黄花，我马上会感叹说，他们家真有钱。

迷人的夕阳

哥伦布人口本来就不多,郊区更是地广人稀,无比安静,安静到可以听见小鸟在树枝上跳来跳去的声音,还有下雨后蚯蚓在地底下的呼吸钻土的声音。空气是一等的好,不管是下雪、下雨,还是出太阳,天空都一尘不染。房前的草坪和老袁种下的郁金香、风信子,总是生机勃勃的;房后那片小树林更是郁郁葱葱,常有野鹿出没。

我在这样的环境里住了两个月,真是享受。但最让我难忘的,最让我陶醉的还不是这些,而是每天黄昏都能看到美丽的晚霞,真的是夕阳无限好啊!

无论春夏,也无论晴雨,仿佛那夕阳是个恪尽职守的演员,一到时间必闪亮登场,光照人间。有时候下了一天的大雨,天气阴沉沉的,傍晚我和谢老师顶着零星小雨出去散步,心想这个时候怎么也不可能有美景可拍了,就没带相机。但往往跌足悔恨,那夕阳总是出其不意地,或者说很准时地刺破乌云,将天空涂抹得绚丽无比。

让我试着用拙笔来描述一下吧。

有一天下了一整天的雨,到傍晚才消停,但天空依然黑压压的布满乌云。由于天空辽阔,那黑云显得格外多,格外有气势。晚饭后我跟谢老师照例出去散步,看天如此阴沉,我就没拿相机,又想到那个时间是国内的清晨6点,也

迷人的夕阳之一

夕阳无限好

迷人的夕阳之二

迷人的夕阳之三

不会有人电话或短信给我，所以我还放下了手机。就那么赤手空拳地走出去了。

走了很长一段时间后，我无意中一抬头，突然发现天边紧靠大地的那个地方，血红一片，红得吓人。仿佛有一场森林大火正在发生。我忍不住惊叫：快看那儿怎么了？！出什么事了？！身旁的谢老师顺着我的视线抬头一看，也很震惊：天，难道是发生火灾了吗？

因为那一刻，我们头顶上的天空依然是黑色的如锅盖般的凝重的云团，不知要怎样的大火才能把天边烧红？我们疾步快走，换了个高些的地方再停下来看，我忽然感到疑惑，难道是落日？

终于，我们确定了，是落日。那抹鲜红不是森林大火，是落日的大火。因为大雨而憋屈了一天的太阳，终于在掉下地平线之前，冲破厚厚的乌云射了出来，烧红天空。

那种红真的很难形容，红色中有金黄，金黄中又透着鲜红，天空好像要烧破了似的，只剩下薄薄的一层，透亮透亮的，实在是妖娆而又奇异的景观。

可恨的是，我手上没有任何可以留下那个影像的工具，我没带相机，也没带手机，真是十足悔恨。那落日仿佛知道我的悔恨，一直在天边燃烧着，红红的，艳艳的，等我快速走回房间，拿起相机冲出来时，它倏忽一下就没了，天在一瞬间黑下来。

自那次以后，我再出去散步，无论天晴天阴，都把相机带上，也确实拍到了很多惊艳无比的落日和晚霞，它们真的常出现在雨后。但那一天的景象，再也没见到过了。

离开谢老师家的头天晚上，也是下了一天雨，天空很暗，吃过晚饭我们又去散步。刚走到路口，那火红的夕阳就突然钻出了云层，天空顿时红得像胭脂。我拍了那么多夕阳，还没见过这个颜色的！我有点儿傻了，只听谢老师大喊，还不快回去拿相机！我就拼命往回跑，无奈怎么也跑不快，年轻时就是"慢跑能手"。但我还是跌跌撞撞地跑回了家，拿出相机，再跌跌撞撞地去追赶夕阳。夕阳一分一秒地往下坠，好在那一带没有高楼，别墅也很少，空旷的视野总算让我抢到两张。那个红艳，仿佛是给我的临别礼物！

谢老师看到我拍的照片，很感慨。她说我在这里住了五年了，从没发现夕阳这么美，也许是因为心不在焉吧。看来，欣赏美景的确是需要心情的，就像欣赏音乐也需要心境。我说，我喜欢拍照，一看到美景就激动。只是到了美国后，激动的时候比较多。

那些夕阳，无论是错过的还是没错过的，无论拍下的还是没拍下的，都让我惊叹不已。真可谓饱看夕阳。

每天看夕阳拍夕阳，让我忽然有个感觉，似乎夕阳比朝阳更耀眼。照理说，我在谢老师家也几次看到过早霞，看到过太阳升起，但怎么都不如夕阳那么惊心动魄。是不是夕阳发出光芒时，离我们更近？是不是夕阳不舍天空，拼劲了全身力气，放出最后的光芒？

面对如此美妙的景色，我深感自己词汇贫乏，翻来覆去说的就是太美了，太漂亮了，绚丽无比，灿烂夺目，等等。的确，那是很难描述的景色。我跟朋友们调侃说，江郎才尽，姐本无才。

何况，拍出来的，远不如看到的美。

不能说我在国内没见过夕阳，因为家住在三十楼，傍晚时，我也在窗口见过彩霞满天，也拍过像鸭蛋黄一样的红彤彤的夕阳。

尤其是行走在西藏，更是无数次与夕阳相遇。行驶在路上时，总会被前方的夕阳照耀得睁不开眼。尤其是下午四五点朝西行驶，驾驶员戴上墨镜都看不见前路，只好把头探出驾驶窗去看。因为睁不开眼，也就无法细细地欣赏。虽然有时我不顾对镜头的损害，对着夕阳拍摄，但出现在取景框里的，只有刺眼的光芒，甚至是一片白，看不到色彩的变幻和云层的舞姿。

细细想了一下，也许是因为西藏的天空经常是万里无云，夕阳也就一览无余。而哥伦布的夕阳，常常是从云层里钻出来的，常常是在雨后出现的。它便把丝丝缕缕的云彩，洇染成丰富而神秘的颜色，红色粉色紫色黄色桔色蓝色灰色白色，层层叠叠，变幻莫测。

不知今后，只说现在：哥伦布的夕阳，是我见到的最迷人的夕阳。

妖冶的晚霞

两次课外活动

来哥伦布一个多月了，一直以学校里的工作为主：讲课，讲座，批改作业，编写教材。偶尔也参加一些社会活动，算是课外活动吧。

小时候读书，是很渴望有课外活动的，因为那时的课外活动就是玩儿，豪华一点儿的是去公园玩儿，朴素一点儿的是回家玩儿。上大学以后课外活动增多，甚至正课不上也跑去参加，比如听什么讲座，比如看什么内部电影，还比如尾随一些文学爱好者参加文学活动，朗诵诗，或者谈些高深莫测的话题。那时大学里的文学爱好者之多，我根本都排不上号，只能尾随。

自从离开校园，课外活动这个词就被封存了。我根本没想到自己会重新进入校园，重新有了课外活动。所以写下这个题目时，我是有几分自豪和愉悦的，所以啰嗦几句。

来美之前，我给自己设计了很多活动，恨不能把美国的各种活动都见识一下。但来了之后发现，只能顺其自然了，一来我的主业还是教学，二来我没有车，不可能想上哪儿就上哪儿。关于车，我在一篇专门的随笔里写了，此处不赘。

李老师倒是很替我考虑，一发现有什么有意思的活动，都要跑来问我去不去。我若说不方便，他马上会说，你不用考虑车。比如某一天他就打电话给我：想参加市长竞选的晚宴吗？我要去，你想不想跟我一起去看看？

我一听很稀奇，立即答应去。

去了才知，这个晚宴的全名叫"哥伦布市市长助选餐会"，由哥伦布的亚裔（以中国人为主）举办。其实就是大家聚在一起吃个自助餐，今年（2011年）11月哥伦布市要改选市长了，原来的市长希望能连任，就需要选民支持。或者反过来说，选民想通过这样的助选餐会，表达对原任市长的支持。

作为一个哥伦布的老市民，李老师给我介绍说，以前哥伦布华人很少，几乎不参政。这两年开始比较积极主动地参与和举办一些社会活动了，比如亚洲节，中国节等。尤其亚洲节，影响很大。这个我会另写。这次的助餐会也是由华人主办，另有菲律宾人，越南人等参与。大约一百多人。所谓助餐会，就是大家以捐款的方式一起吃顿饭，所得款项用来帮助市长竞选。此次助餐会的标准是每人25美元（我那25美元李老师代交了，我也没客气，因为以我的身份，跑到那里去助选哪一个都不合适。我只是能旁观）。

助餐会在一家中国餐馆举行，装饰很有中国特色，有舞台，台上的墙面镶着很大的龙飞凤舞的图案，中间是个红双喜。大概是方便客人们在这里举办婚礼或者生日宴会等喜宴吧。

我粗粗算了一下，一百来人的话，可募集资金2千多美元，最多3千，3千美金能干什么？也许不在于钱多钱少，主要是以这种方式造一种舆论吧。据我所知，美国竞选总统时，对赞助的数额都有控制，每个个人的赞助费不得超过2万美元，以免用这种方式贿赂。但公司企业等集团是可以多给的，所以我们会看到那种某大公司操纵政府的美国电影。不过，我还是感觉太少了，这么大动静，才募集这么点儿钱。但李老师告诉我，这个活动之于市长的意义还不及之于当地华人的意义，因为这表明华人也开始参政了。

而且这仅仅是其中一次助餐会，以后还会陆续不断地有其他助餐会的。果然，一个月后，李老师告诉我，又有一个华人助选餐会举行了，这次参加的全部是华人企业家，标准是每人两百美金。我这才替市长大人释然了。

助餐会开始了，在开场白之后，一个矮矮的，年纪约六十左右的华人走上去讲话，李老师介绍说：他是这次活动的发起人鲁教授，鲁教授同时还是亚洲节的创始人之一，是一个热心社会活动的人。

市长上台了。他个子很高，尤其站在鲁教授边上显得更高，是个黑人，但显然不是正宗的那种黑人，已经混血了，在美国这样的人很多。他们也许是第二代第三代黑人。市长看上去五十多，头发已经比较少了，戴了副黑边眼镜儿，穿黑色西装。他还带着他的儿子，儿子看上去13岁左右，小小少年。不知为何不带夫人？也许场面不够大？市长简单地讲了一段话，估计是谢谢大家支持他，他会努力工作之类。然后鲁教授又讲话，然后又有另一个选民讲话。我感觉和我想象的差距很大，没有竞争对手，也没有反对派，吃吃喝喝，歌舞升平。

在他们轮番讲话时，大家开始取食物吃饭。助餐会是自助餐，当然是中餐，有米饭炒菜，有饺子，还有春卷。可惜我胃口有限。草草吃饱，便开始在会场里转悠，拍照，观察。

有如下细节值得一记：第一是入场的门口，只有一个很简洁的白色牌子，上面写着：助餐会由此去。没有其他任何标语横幅。很务实。第二，每个人进门前，取一张名片那么大的不干胶，在上面写上自己的名字，贴在胸前，方便大家彼此认识。我觉得这个国内可以借鉴啊，把白纸改成有颜色的纸就更好了（后来听说中国已经有了）。第三，会场里几乎没有一个年轻人。我说的年轻人是指二三十岁的那种（不然李老师会说，我就是年轻人）；不知是他们对政治不感兴趣，还是没时间？第四，会场几乎都是华人，却听不到人说中国话。看到满眼华人说英语，感觉像在举行英语大赛。

市长讲完话后，很多人跑去跟他合影。搞得他不停地放下刀叉站起来，饭也吃不好。当然他很有耐心，这个不意外。稍有意外的是，他索性跟选民一起唱起卡拉OK来了。即使是作秀，也值得表扬。

哥伦布市市长致词

竞选助餐会现场

乐队演唱

客人起舞

把所有过场做完后，市长就提前走了。

当然我们也走了。

就在这次助餐会上，确定了我的第二次"课外活动"。

在我四处转悠时，我看到一个中年女人在跟李老师热情地说话，并拿出资料什么的给他看。李老师拿到后马上告诉我，这位女士是菲律宾人，他们夫妻组织了一个小型乐队，周末要演出，邀请他去欣赏，李老师考虑到我，就多要了一张票。

我有点儿犹豫，因为我一点音乐细胞都没有，跑去听音乐会，有点儿装。加上那个固有的原因，我要去，又得麻烦李老师接送。

李老师看我不积极，煽动说，那个音乐会，一般人参加都是要自己买票的，她给我的是邀请券儿。

我一看有便宜可占，马上表示去。

那天天气非常晴朗，我们5点半从学校赶过去，到6点阳光还刺眼。7点半离开时，一眼看到了美丽的晚霞。

演出在一个小区的小型超市里举办，一边是超市，一边是小餐馆，可以吃自助餐，餐厅里有一块场地，可供乐队演出。每位客人的餐费是15美元，一边吃，一边听音乐。

这对夫妻挺有特点，男主人是美国人，老师，女主人是菲律宾人，原是人力资源顾问。他们各自离异后相遇。因为都热爱公益事业，在亚洲节上相遇。可以说公益事业是他们的媒人，助人为乐是他们的婚姻基础。现在，女主人已经辞去工作，专职做公益事业了。

他们的乐队以菲律宾人为主，也有美国人和其他族裔的人。不以盈利为目的，就是自娱自乐。我真挺羡慕他们的，我要是会什么乐器，也希望能加入这样的乐队，生活一定会丰富很多。

我们进去时，先看到男主人。他过来和李老师打招呼，他们显然已经很熟

助餐会结束后与市长合影

悉了。过了一会儿，女主人化完妆走了过来，我一看，比那天漂亮很多。看来化妆还是很有效的。

六点半，演出开始了，所有的曲目我都陌生，我只能感觉到它们时而缓慢忧伤，时而快速热烈。相比之下，我更喜欢忧伤的。因为那种快节奏的热烈的曲目，让我有些晕眩。我一边听，一边四处打量，超市真的很小，大概就几十平米，货架上大多是菲律宾食品调料什么的。门口还挂了几件菲律宾服装。在哥伦布的中国人才一万，菲律宾人想必更少了。也不知这超市的生意如何。

客人在不断地进入，进来就先买票。有菲律宾人，有黑人，也有不少白人。在我们左边的一个长条桌上，就全部是白人青年。我们右边则是一家四口，父母带着两个孩子，父亲是典型的黑人，母亲是菲律宾人，他们的两个孩子更像父亲一些。黑黝黝的，眼睛很大很亮。我很想给他们拍照，又怕冒犯。所以一边听音乐一边纠结，不时拿眼睛去瞟他们，引起了那个小男孩儿的注意，他也开始不断瞟我。忽然想，我看着人家稀奇，人家看我不是也稀奇吗？

很快，就有客人起身，随着乐曲慢慢地跳起舞来，不是交谊舞，就是很随意地跟着节奏扭动的自由舞蹈。最让我感慨的是一个中年女性。她好像腿脚不便，加上身体也胖，走路很慢。但却是第一个站起来跳舞的。我甚至很难用跳舞来形容她，她没有跳，就是慢慢地随着乐曲摇摆着身体，但却很有韵味。想象她年轻的时候，一定是能歌善舞。

后来又有年轻人加入了，气氛一下活泼热烈起来。我暗自想，我这辈子是不可能在这一点上改变自己了，若要让我在这样的场合起来舞蹈，我宁可去厨房帮他们洗碗。

所以，不能加入乐队，对我来说根本原因不是我不会某样乐器，而是我没有一颗奔放自由的心灵。

一边听音乐，一边取食物进餐。仍是自助餐，但菜是菲律宾菜。很遗憾我不习惯，不知菜里放了什么佐料（感觉是某种香草），有一种奇怪的味道。我只好放弃吃菜，吃了一点烤肉，吃了一点白饭打发晚餐。

好在精神上的晚餐很丰富。

一个小时后我们打算离开。毕竟我们都不是音乐爱好者，来这里只是为了让我见识一下。见识过了，我们就准备撤离。我注意到李老师拿出支票，写下了 30 美元放在桌上。我问，我们拿到的不是邀请券吗？李老师说，虽然如此，还是不好意思。

应该不好意思的是我啊。

田园牧歌阿米什

来哥伦布没多久，就听留美的李冬老师介绍，距离哥伦布一百多公里的一个小镇上，住着阿米什人（Amish），他们一直保持着传统的甚至是原始的生活状态，马耕地，马拉车，手洗衣服，烧木柴等等，不参与政治活动，不与外界交往。他们的孩子读到初中毕业便不再读书了，回乡务农。但16岁时可以作一次选择，如果想进入外面的世界，那么就离开，永远不能再返回阿米什，如果放弃，那么就一辈子留在阿米什。

听了李冬老师的介绍，我上网查了一下，关于阿米什有很多资料，最简单的定义是：阿米什人（Amish）是美国和加拿大安大略省的一群基督新教再洗礼派门诺会信徒（又称亚米胥派），以拒绝汽车及电力等现代设施，过着简朴的生活而闻名。在美国，阿米什人大约有20万左右，主要聚集在三个州，一个是宾夕法尼亚州，有四万七；一个是印第安纳州，有三万七，另一个就是我所访问的俄亥俄州，有五万五千多，是最多的一个地区。

我一下产生了浓厚的兴趣，很想去看看。在美国这样一个发达的国家，保持传统简朴的生活，应该是一些很有信仰很有毅力的人。谢老师说她虽然来此地五年了，也没去过；和我一个办公室的杨老师也很想去，我们几个人就约好了一起去。

无奈老天爷不给面子，先是很冷，后来总下雨，极不方便出游。到 5 月里天气总算暖和了，并且晴朗了，就赶紧和谢老师商量去阿米什的事。谢老师建议说，干脆约在你生日那天去，也算是给你过生日了。我说我的生日是星期三，要上课呢。谢老师说，我听说那个地方就得工作日去，不然什么也看不到。

这么一说，我只好开口和李敏儒老师商量，请他代我上一次课。李老师一口答应。算是送我的生日大礼了。

2011 年 5 月 11 日，我生日。这是我平生头一回在外过生日，用这个生日去阿米什参观，真可以写一篇《记有意义的一天》了。

我们一早出门，带着老袁烙的山东大饼，接上另外三位老师上路。谢老师开车，她熟悉自己的车；杨胜明老师曾是旅游局长，又是英语系毕业，屈尊担任导游；刘春卉来自成都川大，可兼翻译；唯一的男老师老宋来自青岛，警察出身，当然是警卫了。这样一来，我这个寿星谱就大了，浩浩荡荡出游。

从哥伦布去阿米什还是挺远的，加上我们路不熟，先根据导航仪指路还走错了，这样花了三个多小时才到达。但一路上风光很好，几个中国老师聚在一起，很畅快地讲着笑话聊着天，也不觉得旅途遥远了。

进入丘陵地带后，感觉就不一样了，起伏的原野很静谧，绿色的草坡和正在翻耕的庄稼地，白色的棠梨花和质朴的木屋，还有一排排晒在太阳下的衣物，都让我们觉得新鲜。在美国你很难见到晒在外面的衣服的，他们都是用烘干机的。

这些景象让我们确定，这里就是阿米什。

我们坐在车里忍不住一次次惊呼，看到了马犁田，一般都是七八匹马拉一架车耕地，那些马喂养得膘肥体壮，显然是他们的主要劳动工具；也看到了马拉车，那是他们的主要交通工具；还看到了过去在电影里看到的老旧的房屋和木栅栏。那些房屋都是用原木搭建的，没有任何装饰；我看到一个母亲端着一个木盆，带着一个小男孩儿推开木栅栏回家，真的像电影画面一样。

大街上随处可见的马车

阿米什人典型的着装

阿米什人依然延续着马耕地的传统

小镇上的美少女

他们的衣着都是统一的，女人是白色的无檐帽，素色长袍，男人是西部牛仔那样的草帽，白衬衣背带裤。看上去真舒服。

可惜没有熟悉情况的人指点，不知哪些地方是最值得看的，只好急匆匆赶路，最后找到了镇中心。

在镇上，我们随意走进一家家具店参观，大都是纯木头家具。我想买一样作纪念。看到有厨房用的小家什比较好带，勺子铲子什么的，就问，这些东西是阿米什人手工做的吗？店家很诚实地说，我们这个不是，是从外面进的，阿米什人也做这样的家具。

我还是买了一样，像手一样有四个指头的铲子，大概是拌沙拉或者拌面条用的。13.5美元，一点儿不便宜，但毕竟写着"made in the USA"（在美国买到个美国生产的东西很不易，大部分都是made in China）。

然后我们去了邮局，邮局的外墙上写着"BERLIN OHIO（柏林 俄亥俄）"。原来这个镇叫柏林，这里的阿米什人大多来自德国。而另一个州，宾夕法尼亚州，那里的阿米什人大多来自瑞士荷兰等国。

邮局很小，只有一个工作人员。从这里寄到中国的明信片的邮资是0.9美元。我从这个邮局给自己寄了张明信片，纪念在此度过的难忘的生日。另外还买了些好看的邮票作纪念。

我们正要离开时，进来了一对母女，是阿米什人。母亲穿着素色长袍，带着白色无檐帽，低着头，很难看出年龄，女儿大概五六岁，装束跟妈妈几乎一样，就是长袍的颜色略鲜艳。她紧抓着母亲的衣襟，对我们这些陌生人有些紧张。我不好意思近距离对着她们拍，走到门口才悄悄拍了一张，结果还拍花了。

虽然是阿米什聚居地，但镇上并不是随处都能见到这样的装束。有很多外地人，大概是游客。还有些本地人已经不穿传统服饰了。据说他们也开始出现分歧，有人认为应该与时俱进，适当改变，但有人还是坚持一丝不苟地保持传统。

当车子从那些电影画面里疾驰而过时,我真希望能停下来,走进画面中去细细体味。游览时总以为后面还会有更好的。但是等下午我们在镇上逛完后才知道,上午路过的那些地方,就是最值得看的。心里顿觉非常遗憾。在我看来,可能这辈子不再有机会去那里了。但不管怎么说,我还是去过了,亲眼看到了。

离开时,我拍下了镇上的一座钟,上面显示着:

2011,5,11,3:24pm,华氏80°。

在阿米什坐小火车

速游匹兹堡

这个周末（5月14日），我在李老师和夫人爱莲的带领下（陪同下？邀请下？请李老师自己三选一），一下子去了两个城市，一个是本州的克利夫兰市，一个是宾夕法尼亚的匹兹堡市。中间还穿越了西维吉尼亚州，狠狠地扩大了我游历美国的成果。

李老师说，这是他和爱莲送给我的生日礼物。我真恨不能在美国多过几个生日。呵呵。

我们是星期六中午到克利夫兰的，先跟当地的一些中国朋友见面座谈吃饭（此聚会是当地一家华文报纸《伊利华报》的主编浦英组织的，她到哥伦布采访过我，是个很能干的女人）。座谈结束，女友七成半（系我的跨国网友，我们已在网上书信往来若干年了）就来接我了。我们虽是初次见面却毫无陌生感因为我们气味相投（就是不说"一见如故"，表示本人已受英文长句式的影响）。她开车带我去看克利夫兰著名的大湖伊利湖。原计划我们要一起坐船游览大湖的，无奈天降大雨，只好匆匆看一眼比西湖大很多的伊利湖并撑伞留念两张就去逛商场了（再长一次）。晚上七成半请我吃正宗的西餐，点了两个很好看的菜，还给我点了一杯鸡尾酒，让我开开洋荤。饭后她将我送还给李老师和爱莲。

雨依然很大，我们三个便冒雨驱车前往匹兹堡。我不得不承认，李老师开

这个哥特式高楼是匹兹堡大学的标志性建筑——学习堂

从高处俯瞰匹兹堡大学校园

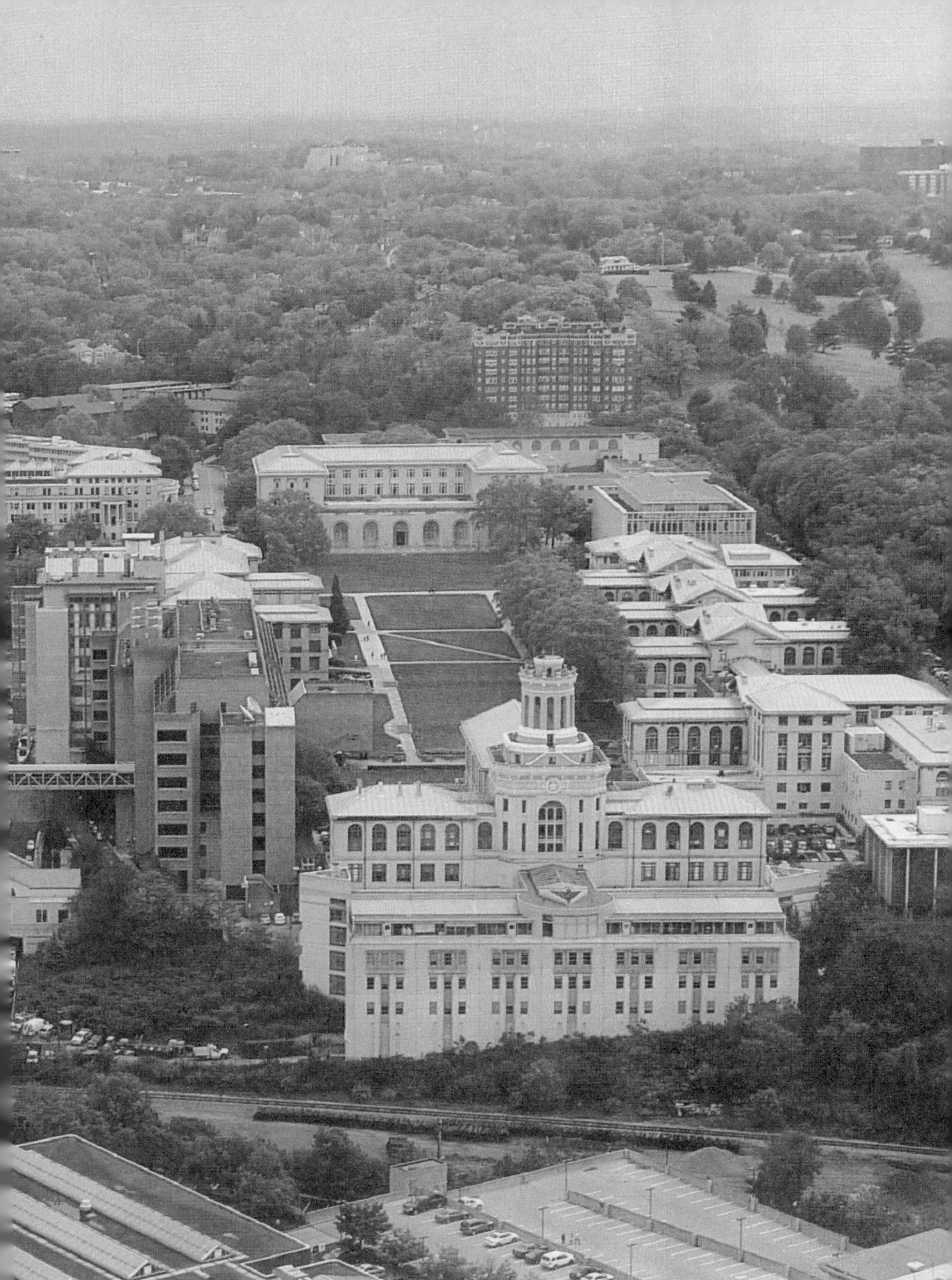

废弃的老火车站，改造成了娱乐场所

匹兹堡美景

车技术比我好。我要是遇到雨夜，肯定是有点儿紧张的。爱莲虽然不开车，也紧张，经常批评李老师速度太快。

到达匹兹堡某宾馆已是夜里10点40了，李老师问我跟爱莲，去看匹兹堡夜景吗？匹兹堡是山城，夜景很美。我十分犹豫。坐了一天车说了一天话，真想倒头就睡。但如永动机一般不知疲倦的李老师马上从网上调出了匹兹堡夜景图，我一看，脑子里立即拉起一条横幅：不看终生后悔！我就问，去看的话大概需要多少时间？李老师轻描淡写地说，个把小时吧。我立即动心了。爱莲也只好将就我，暂缓休息，于是三个人又冒雨出门。

驱车到匹兹堡市区后，再开车上山，找到一个看夜景的最高点。这个期间雨一直没有停息，哗啦啦的。为了看夜景，更是为了拍夜景，我冒雨下车，李老师帮我打伞，在哗哗的雨中拍了几张照片。非常不容易。因为雨太大，能见度很低，所拍的照片远不如网上看到的漂亮。我立即没良心地说，哎呀，匹兹堡的夜景还没有重庆的好看呢，早知就不来了。

李老师大概为了维护我的爱国之情，没有反驳，但接下来的事情就让我后悔抱怨匹兹堡的夜景了：我们迷路了。

虽然李老师出发前借了一个GPS导航仪，可这东西常常乱指路，尤其在城市中高楼太多的时候，它就晕菜。有时候到了十字路口或者丁字路口，李老师眼巴巴地盯着它，它就是不说话。有时候走得好好的，它却喋喋不休："left""right"（左转右转）……也许是因为下雨，它迷糊了，带着我们在城里兜圈子。幸好李老师经验丰富，及时纠正了GPS的错误，为我们找到了正确的方向。

但跟着第二个险情又出现了：车没油了。

这个嘛，责任肯定在男方。下午离开克里夫兰时，爱莲就发现油不多了，让李老师赶快加油，但李老师充耳不闻（据他后来粉饰说，是渴望冒险，渴望出意外，恨不能我们全部露宿街头再叫警察救助）。可是我是个很保守的人啊，喜欢按部就班，并且急切希望赶快回宾馆倒下呼呼。我煽风点火说，哼，不听老婆言，吃亏在眼前。爱莲便抓住机会对李老师进行批评，还翻出旧账作为教育材料，我也企图火上浇油烧焦李老师的，无奈雨太大火很快灭了。

等我们好不容易在雨中找到一家加油站时，居然发现是一家已经停业的加油站，GPS 给了我们一个过时的信息。绝望啊。已经是深夜零点了。

我心里暗想，难道今晚要重温 08 年汶川地震时在车上睡觉的经历吗？街上看不到一辆出租车。我们的宾馆离市区很远。

但李老师很镇静（不知是否强装），他找到一家快餐店，询问附近最近的加油站在哪里？情报搞准确后，我们终于在还剩一滴油的时候，找到了一家可以加油的加油站。等加好油回到宾馆，已是凌晨一点半了。这一趟夜游，耗去三个小时。我们终于把夜景看成了晨景（这么一想当然也是蛮合算的）。

第二天我们去了匹兹堡大学。在那儿与我的第二位跨国网友小转玲见了面。小转玲是一位在匹大读硕士的中国 80 后女孩儿。她陪着我们参观了匹兹堡大学，又和我们一起游览了市区，我们坐缆车登上了头天夜里冒雨看景的地方，终于拍到了清晰美丽的照片。

需要补充一个插曲，在市区游览时，我们想去看一个弃用的旧火车站，不料进入一条不可行驶的路，警车迅速跟上，鸣笛叫我们靠边停下，我坐在车里看到了美国警察叔叔腰里的枪和手铐，跟电影里一样。警察叔叔查看李老师的证件，小转玲忙在一旁帮着解释，大意是说，我们几个是从哥伦布来匹兹堡旅游的外地人，路不熟，所以走错。李老师也笑容满面地跟警察叽哩哇啦地说了一大堆，神情很愉快，甚至可以用谈笑风生来形容。警察很宽容地表示不处罚我们了，这让李老师十分得意，事后居然说他是故意走错的，好让我见识一下美国警察的执法过程。他还将此次与警察的遭遇命名为文化交流。我很想打击他说，警察之所以没处罚我们不是你交流的成果，而是因为我们头天已把老天爷分配的坎坷指标用完了。

当然为了余下旅程的安全我没有说。

果然，这一天非常顺利。到黄昏时，我们结束了全部行程，跟小转玲告别，跟匹兹堡告别，踏上了返回哥伦布的路程。

在李老师的强烈要求下，我和爱莲给他的匹兹堡之行打了五分，其中安全一分，服务态度一分，导游介绍一分，及时纠正GPS错误一分，文化交流一分。

难忘的匹兹堡，因为速游而更加难忘。

校园里的游行

初夏的五月十分美丽。每天走在校园里，眼见着校园一天天绿起来，丰满起来，莘莘学子如五月的花草生机勃勃，很是养眼。算起来，我离开校园已二十多年了，重新置身其中，便由衷地感到一种沐浴在青春雨露里的愉悦。有时会觉得自己也年轻了很多。难怪李老师说他特别愿意待在学校里，一整天都不会厌倦。

当然，并不是随时都是愉悦的，也会有不快，也会有郁闷。尤其像我这样的中国人，置身于美国人中间，免不了会变得敏感脆弱。

有一次去上课，穿过操场时，看到有三四个人举着很大的牌子站在草坪上，看上去有老师有学生，年龄不一。牌子上是血糊糊的图片。旁边还有个桌子，有人在散发什么东西。我不太明白什么意思，悄悄拍了两张去问我的学生，学生告诉我，那是堕胎图片，那些人是反对堕胎的一个组织。至于桌子上散发的，大概是避孕套。因为我的学生给我讲到这个时，很不好意思的样子（美国学生并不像我们想的那样在性方面很开放）。过了一段时间我再过操场时，又看到了这个组织在反对堕胎。没想到其中一个中年男人发现了我，就举着牌子直直地朝我走来，眼睛还死死地看着我。我忽然明白他的意思了，他认出我是中国人，并知道中国因为计划生育，有比较多的堕胎现象存在，朝我走来以示抗议。我

校园里的游行队伍

The Clock is Ticking....

Sodexo serves sexism, racism, sexual harassment, and poverty wages on OUR campus.

KICK OUT SODEXO Rally!

When: **May 23rd @ 2pm**

Where: Wexner Center Plaza (15th & High)

http://kickoutsodexo.usas.org

游行广告

心里很不舒服，感觉被冒犯，扭头朝另一条路上走去。

我当然知道，在美国的校园里，这算不了什么，每个人都可以表达自己对社会现象或者制度的不满，也可以宣传自己的观点和生活态度。只是我还不太适应。我曾看见过一个人，站在路上讲自己的哲学观点，一些人围着聆听。没有麦克也没有讲台，但那人讲得很认真。李老师一边给我介绍一边说，等他退休了，他也想在学校里到处演讲，传播中国的传统文化，比如仁义、孝道、中庸之类。

我的课时在中午12点，正是学校里学生最多的时候。美国人没有午休，很多学生一早先去打工，十点多才来上课。每每穿过操场去教学楼，我总是一边走一边东张西望，看稀奇似的观察着他们。有时时间宽裕，我就拍两张照片。在美国大学校园里，你看到什么都不用吃惊。比如踩着滑轮去上课的，坐着轮椅去上课的，穿着三点式在操场看书的，穿着野战服去上课的，等等。

有一天下课，我在我办公室门口看到一张宣传单，上面写着："The Clock is Ticking"，"Kick Out SODEXO Rally"。大概意思是，时间到了，把某某踢出去！

我感到很好奇，什么时间到了？把谁踢出去？

本着认真学习的精神，我把传单拿回办公室仔细研究了一番，逐字逐句翻译。原来这个索迪斯（SODEXO）是一家食品公司，与这个学校有合作关系。传单宣传者认为这家公司存在着性别歧视、种族歧视以及低廉工资等种种问题，也就是俗称的"血汗工厂"，号召大家把它赶出校园。

我一看游行的时间是5月23日，当时是5月17日，觉得时间还早。就想到了那天再来关注吧。

谁知转眼就把这事忘了（没有秘书啊）。

5月23日那天中午下课后，我感觉没什么事了，又犯困（我的午觉习惯在美国很艰难地保持着，常常用两把椅子当床，在办公室迷糊一会儿）。我就跟谢老师回家了。我们是两点走的,那个游行两点半开始的。真是很遗憾。错过了亲眼目睹一次新闻事件的机会。

  第二天我一到校,李老师就告诉了我这件事。我十足悔恨。幸好李老师看到了,还从他办公室的窗户拍了几张照片,并且给了我一个校内网的新闻链接。我连忙上网看了新闻,包括视频,截下几张图,以弥补缺憾。

  游行的经过大致是这样的:23日下午2点半,组织者(也就是贴那个宣传单的人,据说是一个专门反对血汗工厂的组织)带领一百多名学生,到事先说好的 Wexner 中心广场游行,举着标语,用扩音器(大喇叭)喊口号,让索德克公司滚出校园。后来人数慢慢减少了,大概有的学生要上课,或者觉得表达过了,就离开了,剩下40余名比较坚定的,就来到校长楼前继续抗议。他们抗议学校和索德克公司签协议。

  从李老师拍的照片中可以看到,在他们游行的时候一直有警察骑着车跟着他们,就是说,他们只是游行没问题,一旦越界,还是要干涉的。

  当他们来到校长门前游行示威时,警察就干涉了了,要求他们立即离开,否则将逮捕他们。根据规定,校长办公室在没有得到邀请时是不可以随便进入的(相当于私人领地吧)。这样又有一些学生离开了,但还是有一些学生坚决不走,包括那个组织的人。他们甚至试图进入到校长办公室内,警察只好动手了。三点半时,警察抓了9名示威者(有学生也有组织者)。我在视频上看到,有个女生都被警察铐上了嘴巴还不停地嚷嚷,跟个女英雄似的。另外一个身强力壮的游行者,被三个警察反扭着胳膊押走。

  看了新闻,上课的时候我就问我班上的学生,你们知道昨天游行示威的事吗?有两个学生回答说他们看到了,但没有参加,另外几个学生说他们完全不知道。可见影响还不是很广。

  我是第一次碰到这样的事,感觉很新鲜,连忙在博客上发布,给国内的朋友们报道一下。我还没贴好博客,那9名被抓的示威者就被释放了,按法律规定不得超过 24 小时。但每人缴纳了 254 美元的保释金。我从校内网站上看到，9 人中有 7 人是 OSU 的学生。另外两位大概是组织者。他们表示不会因此沉默，还要继续抗议。因为 OSU 跟这家食品公司签订的协议要到 2013 年，他们坚决要求解除这个协议。不知他们能否达到目的。

博客贴出后，很多朋友留言，有的对美国学生的社会责任感表示赞赏，有的对这样的方式表示赞赏。其中一个网友说："我觉得美国这样挺好，给你抗议示威的自由，但如果触犯了法律一样要办你。经常如此大家也就见怪不惊了，不会当成什么大事，相当于一个水库不断地慢慢往外放水，不至于等到爆满了一下子泄出来。"

我也同意。

五彩缤纷的亚洲节

我还没到哥伦布，李老师就在邮件里跟我说，你来了以后可以参加我们这里的亚洲节，在五月底。很有意思，你可以从亚洲节了解很多华裔和亚裔，看看他们在美的生活状态。

到了哥伦布后李老师又几次提起亚洲节，从他的介绍中我得知，他是亚洲节的元老级义工，感情和贡献也都是元老级的。每次亚洲节他都要投入大量的时间和精力，直到一年前身体有些吃不消了，夫人反对了，才卸掉一些工作。

哥伦布市的亚洲节是全美最大的也是最好的亚洲节。每年五月底举行，为期两天。因为五月底这个周末有一个阵亡将士纪念日（这个纪念日是法定假日），故有三天，算是个长周末。加上天气暖和，适宜户外活动，所以每年都放在这两天举行。2011 年这一届，已经是第十七届了。

当李老师向我介绍这一切时，我感觉 5 月底很遥远，可现在，它忽地就在眼前了，而且忽地就要过去了，我终于在哥伦布的 Franklin 公园，见识了李老师念叨已久的亚洲节。

我们赶到时，已经十点多了。我没有交通工具，是爱莲和妹妹爱红来接我的。到达 Franklin 公园后，人很多，我们光停车就停了很长时间。李老师自然是一早就去了，已经忙活了半天。和我一个办公室的杨老师也早早赶去了。他们俩都穿着亚洲节的文化衫，神采奕奕笑容满面的，一点儿也不像年近花甲的人。

　　李老师把我们介绍给亚洲节组委会的主任鲁教授。看着已六十多岁快七十岁的鲁教授那么热忱地参加公益活动，很钦佩。其实我已见过他了，就是在那次哥伦布市长助选餐会上。从今年开始，鲁教授和李老师他们又在亚洲节之外，举办了中国节。是在春节前后举办的，那时我还没来，李老师通过电子邮件给我看了他们活动的图片和报道。来美不长时间，但我已感受到，海外华人真的应该积极参与社会活动，甚至积极参政才是，不仅可以争取自己的权益，也可以传播我们的文化和良好形象，提高海外华人的地位。

　　李老师也给我弄了件亚洲节义工文化衫穿上，我说我没做什么有点儿不好意思，他说你回去后写篇博文在网上宣传一下亚洲节，就是为亚洲节做贡献了。我一想也是，于是穿上白色的亚洲节文化衫开始参观拍照，为写博客搜集资料。特殊义工。呵呵。

　　因为是亚洲节，组织和参与的肯定就不止是华人了，是所有在此地生活的亚洲人。中国，日本，韩国，印度，印度尼西亚，马来西亚，菲律宾，越南，老挝，柬埔寨等等，十几个国家。还不止是哥伦布的亚裔，也有从外地赶来的。大家按各自国家划分区域，摆展台，搭戏台，展示自己国家的文化传统，也推销自己国家的特产，还兼售各国的小吃和零食。

　　因为亚洲节是民间举办的，与政府无关，所以我注意到悬挂的都不是国旗，而是彩旗，彩旗上写着各自国家的名字。但开幕式上，州长市长议员们都出席了，说明政府是积极支持的。李老师给我介绍，每次亚洲节州政府还拨一笔款给市民进行免费体检。

　　开幕式唱美国国歌时，我发现两个有意思的现象：第一不是全体都唱，只是右边这个女歌手唱，其他人起立；第二，唱国歌时，有的人右手捂胸，有的人却不捂。不捂的是不是没入美国国籍？

参加舞龙表演的多数是白人少年,只有领舞的是华人

来参加亚洲节的黑人一家

入迷的观众

主席团站立的一排人中，除了州长市长和议员等当地政要外，还有一名大法官，是女性，黑人。当介绍到她时，她的粉丝们在下面一阵欢呼，我则暗自钦佩。

国歌之后升旗，三面旗帜，一面美国国旗，一面俄亥俄州州旗，一面亚洲节旗。然后开始表演节目，首先出场的是舞狮，在国内经常看舞狮，从来没兴趣，在这里看感觉挺亲切。让我意外的是，表演舞狮的大多数是外国人，有白人黑人，也有其他亚裔，只有领舞的那个，就是掌控龙头的那个，是位中国青年，而且就是李老师朋友的儿子。我们坐在一起看演出。李老师把那位朋友介绍给我，他虽然没说什么，但眼里满是喜悦和自豪。

看舞龙的时候，我注意到老的小的都很入迷。我身边一个金发碧眼的洋娃娃，还特意穿了件红色的中国旗袍。舞龙之后，是韩国的一个打鼓节目，而在一旁敲锣指挥的，是俄亥俄州立大学东亚系的一位女教授，她穿着白色民族服装，头上裹着白色帕子，一点儿看不出是位大学教授。每次亚洲节，OSU 东亚系的师生都要积极参与，摆出自己的展台，宣传他们的教学研究成果。

美国观众们看演出很随意，席地而坐。我来美后看了几次室外演出，观众们都是席地而坐，还有躺着的，卧着的，怎么舒服怎么来。那天太阳很大，很晒，也没人打遮阳伞。他们喜欢晒太阳。我还是不适应，找了个阴凉的地方就座。我观察时注意到，观众中有很多美国人带着亚洲模样的孩子。李老师告诉我，他们是领养了亚洲孩子的家庭，他们很看重这个节日，希望孩子不忘自己民族的传统。

开幕式很短，之后我走进大厅一一浏览各国的展台，都布置得挺好看的，大多是介绍旅游风光、土特产、文化传统等等。中国的展台人不少，让我意外的是，围在那里的人多数是询问怎样学习汉语的，所以展台上摆了不少汉语教材。和我的工作还有关呢。

除了展台，就是各种演出，所有演出都是无偿的，观看都是免费的。我印

主席台就座的是当地官员和社会知名人士。站立者系亚洲节创办人之一鲁教授

游客在学习日本舞蹈

象较深的有中国孩子演奏的中国乐曲，专程从另一个州赶来的菲律宾歌舞团，再有就是脸庞涂抹得很白的日本女人的歌舞。在看日本女人舞蹈时，有位黑人妇女引人注目。她胖胖的，站在那些白色的日本女人中间尤其显得黑胖，但她很快乐地跟着日本女人在学习她们的舞蹈，一招一式都很认真。黑人本来就有舞蹈天分，所以她上路很快，跳得有滋有味，每跳一小节她就大喊一嗓子："嘿!"围观的人全部都笑，并为她鼓掌，那些日本女人也很友好地为加油。

我真是喜欢她，也羡慕她。我这辈子都不可能这样快乐地舞蹈。

看到一辆刚刚开来的大巴，拉了一车的菲律宾演员，在那里换服装准备演出。我们问其中一个小姑娘从哪里来的。小姑娘说是从加拿大专程赶过来的，行程8个小时呢。李老师告诉我，他们每年都赶来参加亚洲节义演，因为路途太远，所以亚洲节组委会给他们出路费。

一路走去，还看到做人体彩绘的，教折纸艺术的，下棋的，供孩子们涂鸦画画的，玩儿电子游戏的，转盘抽奖的，活动相当丰富，当然所有活动都是免费的。场地中间还停了一辆网络服务车，可供人们打电话上网，也可为手机照相机充电。非常周到。

玩饿了就去排队买吃的。其实最热闹人最多的地方，就是卖小吃的地方。真是民以食为天。几乎每个摊位都排着长队。我虽然作为义工，有份盒饭，但还是想品尝一下异国风味的小吃。于是跟爱莲爱红去排队，选了队伍不太长的摊位，买了好几样来吃。但今天提笔来写，居然把食品名字全忘了。可见对吃实在是兴趣不大。

还有幸遇见几位来此做义工的华人。和他们聊了一会儿，听他们谈了些在美生活的感受。

整个公园除了有不少警察执勤外，还有很多穿绿色背心的维护秩序的义工。他们也帮助维护秩序，帮助有困难的游客。下午就出现一位昏倒的游客，义工们立即叫来医生和警察。跟着救护车也来了。李老师说，每次组织亚洲节，最重要的工作就是防止发生意外。

　　李老师虽然辞去了组织者的工作，但依然很自觉地做义工。看到垃圾马上开始捡拾，遇有问题马上协调解决。相比之下，我这个义工简直是碌碌无为。穿着义工T恤游荡，不但没干活，还享受了一次特权：去上厕所时门口排着长队，被一位女工作人员看见了，招招手，将我领进她的办公室，让我用了她工作间内的厕所。"无功受禄"，很是惭愧啊。

　　从上午到黄昏，我在亚洲节待了大半天，虽然只是走马观花，但收获不小。这大概是我到美国后见到的人最多的一次，也是最热闹最丰富多彩的一次。据李老师介绍，每次参加亚洲节的人数都能达到十几万，在当地生活的15个亚洲国家的人们一起参与这个节日，同时有70%以上的非亚裔人前来观看游玩儿。亚洲节的举办已经达到了非常好的状态。同时也深感举办这么一次亚洲节很不容易，差不多要筹备一年时间。也就是说，这次亚洲节一结束就开始准备下一届了。组委会有四五十人，亚洲各国都有，其中有8名中国人。他们完全是义务的。

　　说起来，我那个人大建议案（关于设立义工周的），就是从他们这个亚洲节得到的启示。

　　老天爷也很给亚洲人民面子，那两天天气很好，晴朗，但不热，特别适合室外活动。看到亚洲人民在这里充分展示自己的文化传统，尽情呈现和享受快乐生活，也看到美国对多元文化的接纳和包容，真的让人开心。这应该是一种人类生活的理想状态吧？

　　祝福亚洲节。

人体彩绘

泰国展台

你看不到的风景

去美国之前,不止一个朋友嘱咐我,你一定要多拍点儿照片给我们看那,别光顾着自己看新鲜。我一口应允,本来摄影就是我为数不多的爱好之一。于是到美国后,我几乎相机不离手,不管是去学校,还是去郊游,去参加社会活动,还是去别人家做客,我总是把相机捏在手上。为了拍到到更多的新鲜东西,我甚至还发明了"盲拍":比如遇到一些很有意思的人或景象,不好意思端起相机时,就把相机挂在胸前瞎按几下。还真捕捉到一些有意思的画面呢。

短短两个多月,我拍摄的照片已达数千张,相当于我在国内几年拍摄的数量,怕电脑负载太多,我常常整理删除一些不太理想的,然后再存入移动硬盘备份保存。

但是我还是不得不遗憾地告诉我的朋友们,一些最精彩的画面我没有拍到,你无法看见。甚至可以说,我错过的,都是最美的风景。

谢老师家在郊区,周围很少有人家,房前是大片的草坪,房后还有一大片很静谧的树林。我刚来时她就告诉我,他们家附近经常有野鹿出没,树林里还有一条被野鹿踏出来的小道。我惊喜万分,若能看到野鹿、拍到野鹿该多爽。

可是日子一天天过去,我没能见到野鹿。松鼠见了不少,小鸟也见了不少,

过马路的加拿大雁一家

加拿大雁、鸳鸯、野鸭、野兔、乌鸦，甚至臭鼬都见到了，就是没看到野鹿。

谢老师说，曾经有一段时间，他们家里养过两只狗，狗吠让野鹿不敢出现。后来女儿把狗带走了，野鹿又出现过。但我去了后，它们却一直没出现。我并没有发出什么可怕的奇怪的声音啊。

有一天早上，我在卧室收拾床铺，无意间一转头，看到窗外的树林里，一头野鹿正轻盈地慢跑而过，非常优美。

鹿！我惊叫一声，迅速拿出相机冲到窗前，可那窗户有一层玻璃还有一层纱窗，实在无法拍摄。更何况那野鹿离我们的房子很远，至少有200米吧。这时谢老师也发现了，在客厅大声叫我，野鹿来了！我冲出去，跑到客厅的后门，轻轻打开纱门，看到树林里有三头野鹿忽隐忽现。那天是阴天，有雾，只能隐约看到它们在其中穿行。我不敢开门，怕惊动它们。几分钟后，它们离开了。

难道我和野鹿无缘？

在我们每天行驶的路上，常看到一块路牌竖在边上，上面画着一头鹿。那就是警示司机们开车小心，不要撞到鹿了。因为野鹿身体大，快速撞上时会把车撞翻，导致交通事故发生。

五月底的某天早上，春暖花开，我们照例去学校，行至一处树林的边缘，野鹿再次出现了。又是三只。这次我看得非常真切，一只大些，两只小些，棕黄色的皮毛，轻盈的身子，警觉的双眸。在清晨的薄雾中伫立着，不知是想过马路，还是走出来觅食？

可是，等我拿出相机打开镜头盖，车子已经一晃而过，把野鹿和我的遗憾一起留在了身后。那条路无法停车，甚至不能慢行。那一瞬，只够我看它们一眼，连第二眼也来不及。只恨我的眼睛不是相机，若是，我肯定会眨它一百下的。

显然不是我和野鹿无缘，朋友，是你和它无缘。

随处可见的野鸭

随处可见的小松鼠

其实我曾多次看到鹿，但不忍心拍，因为它们已经遇难。在美国的公路上，撞死小动物是常事。据说有关部门曾把撞死的野鹿拿回去解剖研究，发现它们的营养严重不足，得出的结论是野鹿太多了，于是告知百姓，可以适当地（具体规定我不清楚）射杀野鹿。

汽车一晃而过的刹那，我想跟野鹿们说，你们撞不到我的镜头里没关系，千万不要撞上汽车，更不要撞上枪口。

只要你们在这个世上，看不到的朋友也可以想象。

通常我会在下午2点左右从学校回来，一个人坐在书房里写东西或备课。书桌对面是一扇百叶窗。窗外安静得仿佛这个世界不存在。一棵棠梨树站在窗外。四月里棠梨开花，粉粉白白的一树，惊艳到惹人相思。我时常将视线从电脑屏幕上移开，去看她，或者看更远处的草坪，更更远处的天空。然后，失魂一会儿。

有一天我抬头时，忽然看到了一只落在棠梨树上的小鸟，那小鸟的肚子是红色的，很鲜艳的红，它落在棠梨树枝头上，仿佛是印度美女额头上那点朱砂。我知道这是俄亥俄州的州鸟，北美红雀。它灵巧地转动着，还朝我啄了两啄，像打招呼。

我轻手轻脚站起来，拿起相机，但不等我拉开门，它就忽地一下冲上了房檐，朝我扭了两扭，点点头，再忽地一下冲上天空，真是欺负我没翅膀啊。

后来的日子它经常出现，我已经认识它了，它是那些鸟里的美人，有时停在窗前的藤萝上，有时停在草坪上，故意逗我似的，我一次次小心翼翼地拿着相机站起来，一次次无功而返。夏天终于来临，一树棠梨繁花落尽，绿叶浓密，小美人不知何故没再出现了，但只要我一坐到窗前，眼前总是会出现那个粉白中的小红点儿。

路边的加拿大雁

屋顶上的彩虹

其实还有更多美景，就在人间。比如恋人坐在绿阴下窃窃私语痴痴地笑，芭比娃娃一样的小姑娘在草坪上铺好自己的塑料布躺下；一个又黑又胖的女人在众人围观下快乐地舞蹈；一对老夫妻手拉手看着展览……套用一句网络语，没有最美，只有更美。

最不能忘的一幕发生在超市。那天我边取东西边往里走。忽然看到旁边一个休息处有位父亲坐在那儿，他的怀里抱着一个1岁左右的婴儿，身边的童车里还有一个。一望而知，他们是一对双胞胎。也许他们的母亲正在购物吧。童车上的那个已经熟睡了，一动不动；而父亲怀里这个，则眼睛睁得大大的，模样非常可爱。

但引起我注意的不是双胞胎，而是这位父亲。

父亲很年轻，头发黝黑，肤色也是棕黑色的，好像是墨西哥人，看上去最多三十岁，也许只有二十多？他抱着他的孩子，反反复复地做一个动作，就是亲吻。

他不断地俯身下去，笑容满面地，全神贯注地，一遍又一遍地，亲吻着他的宝贝。那种情深意长的样子，那种爱到忘记周围一切的样子，真把我看呆了。

我就那么站着，傻傻地看着。其实相机就捏在我手上，但我丝毫没想到要去打开它。后来我意识到自己这样长时间看别人是不礼貌的，赶紧离开。离开后，又回头去看，在心里送上一个陌生人的真诚祝福。

不过我想说，虽然这风景无法分享，你却不用遗憾，因为它很可能就在你的周围。

旅美华人老袁的一天

老袁是旅美华人，老袁在成为旅美华人之前，是国内的一位电器工程师，在成为电器工程师之前，是我军一普通军官，在成为军官之前，是我农村一普通农民，山东潍坊人。

老袁因为女儿留学美国，又在美国成了家，遂在退休后和妻子一起来到了美国，买了一栋房子，外带一大片草坪，还外带一大片树林，过起了田园般的生活。老袁的人生仿佛一个圆圈儿，从庄稼地出发又回到了庄稼地，只是这个庄稼地与出发时的那个已经完全不一样了。但老袁依旧保持着农民加军人的本色，在美国过着很中国的生活。

我一来到谢老师家就问，我该怎么称呼老袁？是袁老师还是袁工程师？谢老师说，嗨，你就叫老袁吧。我感觉不妥，可是一见到老袁那憨憨的朴实的笑容，就觉得没有第二个称呼更合适了。于是我就叫他老袁。

老袁退休了，谢老师还在 OSU 教书，于是家里的一切就归老袁管理，且是军事化的管理。据谢老师介绍，加上我的观察，老袁的一天是这样度过的：

早上 6 点（这是夏时制，冬天是 7 点）起床，先上必修课（此处请意会）。然后开始做早饭，同时给我们两个准备中午带的饭，然后锻炼身体一小时，然后吃早饭。

这个顺序是绝不能错乱的，不上必修课不能出门，不锻炼身体吃不下早饭，那相当于出操。当然，老袁的锻炼和出操不一样，是练一套他自己编的体操，有冲拳，有蛤蟆跳，当他每天在门口展示这套动作时，我估计邻居家的美国人一定会认为老袁是在练中国武术。

锻炼完毕老袁吃早饭，同时打开电脑收看新闻，当然是咱国的新闻，"第一时间""朝闻天下"之类。老袁家的美国电视从女儿女婿走后就没开过，他们每天通过电脑网络收看中国电视，夫妻俩一人一台电脑，各看各的。

老袁看完早间新闻，装了一脑子国内外大事，就下地干活儿去了。老袁在自家门前开了一块地，用栅栏围起来种菜（防动物糟践）。萝卜、白菜、豆角、西红柿、菠菜、韭菜，还有葱、蒜等，品种繁多，不亚于蔬菜种植基地。去年夏天老袁种的西红柿大丰收，自己吃不完，送朋友也送不完，他就把皮儿剥了，用保鲜袋装起来，冰冻在冰箱里，一直吃到今年。我来了之后还吃到了。

老袁在地里锄草施肥的时候，就开始琢磨早上看到的国内外大事，进行分析梳理，得出自己的看法。尤其是有天灾或者人祸发生时，他会更加忧心忡忡，预测着会有怎样的结果，还预测着政府会采取什么样的措施。老袁很爱国，任何人说中国的坏话老袁都会跟他吵。那没有商量。

前段时间日本大地震，这段时间利比亚局势紧张，都让老袁操心不已。他有好几张地图，随时在桌上摊开，戴着老花镜反复分析研究，把那些出事的国家以及人家周边的情况都搞得了如指掌。有时候谢老师进门就说，老袁，今天油价怎么又涨了？老袁就会告诉她，这两天利比亚的形势又紧张了，如此引起了……云云。

可以说老袁是胸怀祖国放眼世界地干着地里的活儿。

哥伦布这个地方，冬天很长，雨水也偏多，这是老袁不喜欢它的地方，因为这样的气候很不利于种菜，每年到四月中旬才能开始种菜，到了10月又不行了，只有很短暂的耕种期。所以老袁还在花盆里种了很多菜，太冷的时候可以移到室内，有些种子也是提前在花盆里培育的。我来了之后偶尔也烧两个菜，我只要问，某某菜有吗？谢老师总是回答，老袁种了。几乎没落空过。可见老袁菜品之丰富。

第一年老袁种的菜大丰收时女儿还住在家里，女儿看到菜园子里绿油油的，硕果累累，就跟父亲说，你这么喜欢种菜，我帮你注册个农场吧。俄亥俄州是个农业州，对农业有特别优惠的政策，只要你种地政府就给补贴。老袁没有反对。反正是种地嘛。女儿就注册了一个"袁大叔农场"（yuan uncle farm）。

哪知没过几天，州里的农业局（确切称呼搞不清，反正是管农业的机构）就上门来考察"yuan uncle farm"了。他们看到老袁的菜园子，称赞他种得好，但是说菜园子面积太小（几分地而已），不够农场的规模，问他是否有意扩大？老袁说，俺就一个人，扩大了弄不过来。

就这么没搞成。美国很遗憾地这样失去了拥有"袁大叔农场"的幸运。

老袁很不在意，他种地本来就是为了打发时间，又不是为了挣钱。刚来时有人给他介绍工作，老袁知道自己英语不行，出去工作存在障碍，但老袁的回答是，我是来养老的，不是来工作的。理直气壮地给拒绝了。

老袁干完了地里的活儿就进屋弄午饭。午饭常常是一个人，所以很简单，吃饱了事。然后是午睡，这个也是雷打不动的。而且老袁的午睡是睡在地板上的，不枕枕头，这属于他的养生之道，不能改变。

午睡起来，老袁就打开电脑，继续关心国家大事和世界风云。替中国着急，替利比亚着急，替日本着急，替联合国着急，间或骂骂美国（你怎多管闲事捏？）。谢老师说，你吃着美国的住着美国的，还老骂人家？老袁说，我又不是白吃，我给了钱的，我还纳了税的！

因为常看电视，天下的事几乎没有老袁不知道的，谢老师和女儿把老袁当成了google，开口就查询。要是老袁说对了，并且头头是道，那么母女俩就会说，啊呀，你真该去给潘基文当秘书啊。如果偶尔碰上某件事没狗出来，女儿

在袁大叔农场劳动

墙根下也被老袁种上了菠菜和韭菜

就会大呼小叫，哎呀老爸，你还有不知道的事情啊？啊呀老爸，这事儿他们都没告诉你，太不像话了。连讽刺带挖苦的，老袁一方面嘟囔辩解，一方面就更加注重学习了。

老袁平时话不多，但偶尔冒一句出来，那是相当的精辟。谢老师听说吃黑芝麻可以长黑头发，就炒了一瓶每天吃，我来了之后也让我一起吃。我没有信心，吃了几天就说，好像没有作用嘛。老袁在一旁说，要坚持到底，作用就在最后一颗芝麻上。

我大笑，多精辟啊！

若干年前，老袁的一个亲戚闹离婚，男的到女方家胡闹，喊着说我要退货！老袁怒火中烧，因为他们已经有俩孩子了，便冲他喊道：退货可以，拿原装的来！

如此击中要害的话，不愧是练过射击的人说出来的。

其实老袁是个非常善良的人，见谁过得不好就帮谁。在国内时，他经常拿自己家的东西送人。有一个冬天谢老师发现他的羽绒衣不见了，一问，送给了一个衣服单薄的工人，后来给他了买一件呢子大衣，不久又被他送人了。连家里挂的棉门帘，也被他取下来送给一个穷人当了床垫。搞电器维修那些年，常有人在修了电器之后跟他哭穷，他马上就说，算了别给钱了。出门在外碰到乞讨的，老袁从来没有不给钱的时候，哪怕身上只有几块钱他也会掏出来给人家。这个习惯延续到了美国，在美国见到乞丐，老袁还是会掏钱出来。谢老师常说，俺家老袁心眼儿太好，好到愚昧。

但老袁的这种"愚昧"却让我很感动。

接着说老袁的一天。老袁下午看电视的同时，就开始准备晚饭。晚饭比较认真，以前是两个人，现在是三个人。老袁最拿手的就是烙饼，山东大饼，那可真是好吃，基本上我们每天带到学校的午饭，就是老袁的山东大饼。对于我在美期间的主食，我必须严重表扬并感恩。

远处那个围起来的地方，就是袁大叔农场

老袁在割草

刚来美国时，老袁不太适应那么空闲的生活，就做山东大饼送到中国超市去卖，为此他还专门打印了怎样食用大饼的卡片（比如不能用微波炉加热等），并买了食品包装袋包装，取名"袁大饼"。结果袁大饼深受欢迎，一销而空，一些顾客一买再买，还有的买了寄到其他地方去，更有甚者上门来批量订购。

但老袁就是老袁，他在山东大饼声名鹊起时断然停止了供应，让很多顾客只能咂着嘴巴怀念。人家问他为何不再卖了？他说我又不是来美国卖大饼的，我是来养老的。我卖几回，就是为了让他们知道山东大饼有多好吃。

瞧瞧，这就是老袁。如此一想，我多么幸运。

但老袁做的其他菜，就一般般了，我要是再表扬，谢老师会说我这个人不诚实。但老袁很有原则，不管那菜好吃与否，必须按他的方法做，谁也不能改变。我去了以后做过两个菜，其中一个被老袁认可并学习。谢老师说，你很有面子啊，俺家老袁一般是绝不接受其他人的做法的。

等我们从学校回来，吃了老袁的现成饭，就去外面走路锻炼，老袁则收拾洗碗。起初我试图帮着洗，因为放下碗就跑有点儿不好意思，但老袁坚决不答应。我努力了两次未果，就放弃了。后来谢老师告诉我，老袁认为除了他，其他人洗碗都不干净。这样负责的精神让我暗暗窃喜。

等我们从外面散步回来，老袁已经回到他的卧室看电视剧去了。他坐在卧室的地毯上，靠着垫子，守着影碟机，很享受地看他喜爱的片子。

我来之前，听说老袁喜欢看电视剧，就专门找了些国内热播的电视剧带来，十几部呢，想拍拍老袁的马屁。没想到老袁对我带来的碟子都看不中，原来他只喜欢革命战争题材。而且在革命战争题材里，又只喜欢有真实背景的，比如写叶挺的，写陈赓的，或者写长征等，这样的片子他会反复看，并对照史实，找出问题。

这里不得不说一下老袁的人生理想，第一个是在某部电视剧或电影里演一个群众演员，这个理想几年前已经实现了，但遗憾的是他演的那个电视剧播出时他居然没看到，所以理想有些打折扣；第二个理想是买一辆好越野车，这个也快要实现了。老袁最初的目标是宝马，后来改为雷克萨斯。老袁为即将拥有的好车买好了车上所需要的小东西，比如挂车钥匙的挂链，出远门时要带的热水瓶以及照相机等。在好车没来之前，老袁是不屑于开谢老师那辆丰田轿车的。

老袁看电视剧，一晚上大概三集左右，不管是什么剧，紧张也罢激烈也罢，老袁都不会延长时间，他一定会在部队吹熄灯号的那个时间，十点正，啪地关掉影碟机，上床睡觉。如果这时谢老师还要上网还要看碟或者打电话，那么，就会受到老袁的严肃批评。

老袁只有十点钟按时睡觉，才能够在早上6点钟按时起床。这样严谨的生活制度，是谁也打不破的。

老袁就这么日复一日，过着单调而充实的旅美生活。

"固执己见"的吴老师

最初听到吴伟克的名字和他所从事的职业时，我以为他是个中国人。后来见了面，才发现无论是长相还是个子，无论是血缘还是国籍，他都是个地道的美国人，英文名字是 Galal Walker。作为俄亥俄州立大学汉语旗舰工程和全美东亚语文资源中心的主任，作为一个培养了一批又一批汉语教学人才的教授，作为一个下属一多半都是中国人的"老板"，他是个中国通。之所以取了这么个中国化的名字，当然是因为他对中国文化的热爱和尊重。

说起来难以置信，吴老师还在少年时期，十二三岁吧，他就读遍了他所能找到的林语堂的所有著作，《吾国吾民》《生活的艺术》《快乐的天才：苏东坡》等等。可以说林语堂对他的一生产生了极为重要的影响，他从此知道，在世界的东方，有一个虽然陌生却深刻而又丰富的国度。后来他进入德克萨斯大学读书，就选修了汉语。再后来他考上了康奈尔大学的博士，索性选择中国文学作为专业，博士论文做的是屈原研究，因为他想通过文学来更多地了解中国，了解中国文化。

但那时学汉语的人只重视文法与阅读，一点都不重视口语。老师普遍认为，美国学生学汉语能认字读书就可以了，不必学说话，因为"你们不可能去中国的"，老师明确说。毕竟是上个世纪六十年代。所以吴老师在学了若干年汉语后，在拿到了博士学位后，中国话依然说得结结巴巴。这个"后果"成为吴老师后来从事汉语教学时的一个训诫，他觉得必须改变教学理念。学汉语必须学口语，必须学习中国人的行为文化。他要求学生了解中国人的生活方式，为人处世习惯，以及传统文化对中国人的影响，一句话，要让学生学会和中国人做朋友，跟中国人打交道，与中国人共事。

在这样的教学理念的指导下，吴老师创立了"体演文化教学法"，提倡在教学中"知行合一"，收到了非常好的效果。我此次到该校做访问学者讲汉语课，采用的就是这一教学法，虽然只有短短三个月，却感觉很有效，甚至觉得中国的英语教学也应该尝试这一方法。2003年，吴老师获得了中国教育部颁发的"中国语言文化友谊奖"，是当时美国获得此奖的第一人。吴老师很高兴，把这看成是他学术生涯里最有意义的奖项。在后来的几年里，吴老师和他的团队不仅仅在大学校园辛勤耕耘，学生在世界汉语桥比赛中多次夺冠，还致力于中学的汉语教学开发，仅仅六年时间，俄亥俄州就从原有的8所中学开设中文课，发展到117所中学开设汉语课。增长了近15倍。自1998年起，他就带领学生在中国青岛开创了"中美纽带"合作项目。2005年后建立了青岛中心。十多年来，先后有六百多名美国学生来到青岛学习，培养了一大批对青岛有深厚感情的海外青岛"粉丝"。去年（2010年）该项目获得了青岛市政府的琴岛奖。

其实我对吴老师的敬佩，还不在于他对汉语教学的特殊贡献，而在于他的"固执己见"。

美国学生学中文有各种不同的目的。有的是出于传教的需要，传播自己的宗教或文化。也有的是为了当外交官，出于政治的需要，他们试图用当地的语言来表达他们政府的立场与观点，这也近似于传教士。但吴老师想培养的不是这样的学生。

"我的理想是，培养能够理解中国的学生，特别是和中国人意见观点不同的时候。即使我们不同意他们的想法，我们也应该设法理解为什么中国人会这么

吴老师一家请我们三位中国老师去森林公园游玩儿

在吴老师办公室

在吴老师家作客，女主人玛瑞亲自下厨招待我们

想，尽量了解他们的文化根源、文化视角和世界观。"吴老师这样说："我总是教导我的学生，到中国去，不是去教导中国人应该怎样生活，而是去尽量学习，去理解另一种文化，反过来加深对自己文化的了解，甚至对自身的理解，从而创造一个和谐和容忍的世界。我不希望我的学生到中国去指手画脚，指示人家应该这样做，应该那样做。就语言文化教学而言，培养出那样的学生，那是最糟糕的一种结果。"

一句话，他要培养中国人的朋友，而不是敌人。

但并不是所有人都赞同他的观点，他因此与人发生过争执，甚至因此失去了一些赞助。但他"固执己见"不为所动。今年元旦，在当地的新年聚会上，他发表了题为《中国是美国生活的一部分》的演讲，更鲜明地表达了自己的这一观点，我看了他的演讲文稿被深深打动了。他从自己去中国的亲身感受说起，鲜明地反驳了一些美国人把中国作为负面形象宣传的做法。

其实吴老师的"固执己见"，恰恰源于他对多元文化的开放包容的心态，还有他超前的思维方式。或者说吴老师的固执和包容，来源于他世界大同的理念。他认为中美双方要互利双赢，要把一方的成功看作另一方的胜利，要在美国教育中大力加强中国语言与文化的分量。他不断地设想出新的教学方式，每天都有很多新念头。他对新生事物极其敏感，丝毫也不像一位已经66岁的老教授。

吴老师的开放包容，也体现在他的家庭中。他在家里一点儿也不固执己见，很尊重家人，可以戏言说，他很尊重"其他国家的人"。因为他的家是个国际家庭，太太野田真理是地道的日本人，女儿清菊是地道的中国人，小小一家三口容纳了世界上三个很有影响的国家。最初我听到介绍时很是惊讶，忍不住说，哎呀，这不是三国演义嘛。吴老师的同事李老师说，no，三国演义里成天打打杀杀，分分合合的，吴老师一家可是其乐融融，非常和谐的，尽管他们三个人说着各自的语言。他们家每人都会两门以上语言，吴老师是英语和汉语，夫人是日语和英语，女儿是英语和日语。当然，女儿是最强的，女儿还同时在学中文，目前已经能够说基本的中国话了。

后来我应邀去吴老师家做客，一进去，就感觉像走进了一个东亚作品展厅，甚至比展厅还过分，墙上几乎没有空白，挂得满满的，绘画作品，书法作品，摄影作品，以及各种大大小小的艺术品，让人目不暇接。其中比较多的是中国画，有山水有人物，然后就是日本书法和绘画，还有中日两国的一些民间饰物。我扫视一圈儿，反倒没发现有美国的什么艺术品，只有一面墙上挂着家人的照片，从那里可以看出主人的身份。

我们去做客，吴老师的夫人野田真理亲自下厨为我们做日本拌饭，色彩漂亮，味道也好。同事们都叫野田真理的英文名字玛瑞，我却叫不出口，更愿意叫她老师。因为我实在是钦佩这位日本女子，她不仅仅博学（已是正教授，这在美国很难的），不仅仅能干（任东亚系系主任），不仅仅贤惠（相夫教子操持家务），也不仅仅美丽（这个无须解释），关键是非常谦和，温柔，善于为他人着想。一个小小的细节就可以看出：我去做客时没什么可送的，就拿了从国内带去的两个有民族特色的手工艺品送给她，她很惊喜地接过来，提出与我合影，合影时还将那个小东西拿在手上。后来我发现，她家里这样的小工艺品很多很多，让我汗颜。

我在吴老师家四处浏览，最感兴趣的还是他家人的照片。吴老师一一给我介绍，最后指着正中的一张地图照片告诉我，那就是他出生的地方，美国科罗拉多州，那里是山区，滋养着他的童年。所以他至今喜欢住在靠山的地方。由于哥伦布是平原，他就把家安在了靠近山林的地方，他们家四周都是高大的遮天蔽日的树木，常有野生动物出没，鸟叫更是此起彼伏，还有猫头鹰雄踞其中，以致影响睡眠。但吴老师很喜欢这里，他就是从这里一次次出发，去中国，去那个他从少年时就开始关注热爱的国家。

我很幸运认识能这样一位美国老师，还有他的国际家庭。

李老师的"文化交流"

我认识李敏儒老师很久很久了，久到我已经想不起他年轻时的样子了。只模模糊糊记得，他当时和两位同学在四川大学中文系读硕士研究生，须知那时的硕士研究生含金量很高的。而我则在相邻的四川师范大学读中文系本科，因一位朋友介绍而认识。周末时，我和两位女友常去川大听他们仨"谈文学"，并怀着崇拜的心情把自己写的小说拿给他们看，请他们指教。但在我们友好往来一年左右的时候，李老师突然消失了。他的同学告诉我们，说他妻子病重，他来不及参加毕业典礼什么的，就赶回去了。

这一消失，在我这里就是三十多年。虽然中间曾有过通信，大概是九十年代中吧，李老师在国外读到了我发表在《当代》上的小说，很高兴，热情洋溢地写信来鼓励我。我得知李老师毕业后没有回政府机关工作（他是带职带薪读硕士的），那本是个在外人看来很牛的单位。他主动要求调到大学去当老师。后来公派出国当访问学者，然后读博士。在俄亥俄州立大学拿到博士学位后，去新西兰的大学教书，最后定居在美国哥伦布，是俄亥俄州立大学全美东亚语言资源中心的主任助理。

虽然是那么老的朋友，但我真正熟悉李老师，还是在到了哥伦布之后。短短三个月，我深深感受到了李老师的善良，包容，乐观，还有啰嗦。有时我坐在李老师车上听他聊天，心里会暗暗感叹，如果到美国来的中国人都像李老师这样，那中国人在海外的地位一定很高。

比如我们正开着车，他会突然刹车，让一个行人过去。在美国的小街上，有过马路的斑马线但没有红绿灯的地方，车是一定让行人先走的。我很赞赏这一点。但有时明明是行人停着让车先行，李老师也会刹车让行人先走。我不解，我说那个人已经停下来了，我们直接过去不就得了？李老师说，他停下来，是因为他看到我了，他注意到我是个中国人，所以赶快站住，因为有些中国人是不习惯让行人的，给美国人留下了成见。所以越是这样，我越要让他先过，让他知道中国人也是守规矩的有教养的。我说，你一个人这么做，能起多大作用？李老师说，总会有作用的。

有一回我们停车在路边快餐店吃饭，等候时，他很随意地与邻桌的几个美国人聊了起来，笑容满面，呱啦呱啦说个没完。我跟爱莲（他妻子）坐在一边笑。我说，看看，那么快就和美国群众打成一片了。过一会儿他回来了，我就问他，你聊什么呢那么热乎？他说东拉西扯的，随便聊。他们问我上哪儿去，我说我们去匹兹堡旅游去了。他们就问我是从中国专程来旅游的吗，我说我就在俄亥俄州立大学工作，是中文老师，利用周末出来旅游。在这些小镇上，他们没见过多少中国人。我跟他们聊天，就是要让他们对中国人有个亲身了解，知道中国人不再是苦力，很多是有文化的有教养的。我不是为了炫耀自己，我就是想多和人交流，提升中国人的形象。

虽然我和爱莲都笑话他，但心里还是很感动的。毫不夸张地说，李老师做任何一件小事都会想着自己是个中国人，美国人会怎么看。他会抓住所有机会宣传中国传统文化，不放过任何一个与美国人交谈的机会。我们将他的这种习惯称之为"文化交流"。只要看见他在和美国人打交道，我们就说，你又去做文化交流了吗？他从来不否认。

他带我去银行办理业务，也会抓紧时间跟人家聊天，向人家介绍我在军队服役，是一个作家，出版过很多著作。我很不习惯，就说，你别老跟人家阿米阿米（Army）的。他说这有什么啊，我就是要让美国人看看，我们中国军人也是高素质的，有修养的，并且是美丽的。我只好随他去了。

李老师告诉我，这些年中国人的素质有所提高，当然，也是因为中国的经济实力大大提高了，所以美国人对中国人的态度有很大改变，比过去客气了，尊重了。但还是很不够，还得继续努力。

因为这个缘故，不管工作多忙，李老师都会积极参加当地一些与中国有关的义工活动，比如亚洲节，中国节，汉语大赛，中文学校，亚裔助选晚餐等等。这些活动都是无报酬的，而且非常麻烦，很耽误时间。用我的话说，又费马达又费电，纯属自找麻烦。但李老师乐此不疲，还把周围的很多人都带动起来参加。

李老师的善良，也是我到了美国后深刻感受到的。其他不说，就说说他对待家人的好吧。他妻子爱莲曾两度大病，都是在他全力以赴的照顾下恢复的；不仅恢复了，还生下一个儿子。他的九十多岁的老母亲，从中国到美国，从美国到新西兰，再从新西兰到美国，直到在美国去世，都是跟着他的。无论多忙，他都会陪母亲散步，说话。碰到有意思的活动，他也会带母亲去参加，把轮椅放在车上。那种好，令周围的人无不感动。

照理说，李老师是我去俄亥俄大学做访问学者的引荐人，他推荐了我的小说，又推荐了我这个人，我该对他充满感激。可是他的温和的个性和良好的修养，让你一点儿也感觉不出他有恩于你。我跟他说话反而比对其他人更随意。比如我会莫名其妙地把自己不快转嫁给他，会因为一点小事开罪于他，但他总是笑纳并化解。

有一次李老师邀请我去参加学校为学生组织的顾问老师们举办的午餐会（他总是想让我尽可能多地了解美国的方方面面），但那个会是一人一票，没受邀请的人是不能参加的，李老师坚持要我去，他跟门口登记的人如此这般那般

李老师在和学生交流

李老师在机场帮我申请特殊服务

李老师是亚洲节的积极参与者，左为鲁教授，中为杨老师

李老师在快餐店里与当地人交流

地解释了一通，人家就让我进去了。我很不自在，旁边的人大多不认识，偶尔有一两个认识的，我也只能和人家说汉语。这时有人向他问起我，大概是看我的胸牌与他们不一样，李老师便笑眯眯地说，她是我的客人，请我参加真值，买一送一啊。

因为常和谢老师购物，我对"Buy one get one free"很熟悉。我一下子很不高兴，感觉他把我比作占便宜的免费东西了。李老师看出来了，找话跟我说，我还是不理他，简单吃了点儿东西就提前走了。回去后还跟谢老师发牢骚，说李老师不尊重我。

其实现在想来，那次不快，是我自己极大的不自信造成的。如果在国内，我会当成玩笑。但在美国，我很敏感。到美国后，我心理上有很大落差，当我清楚地意识到，我的祖国无论在哪个方面都与美国有很大差距时，心里很难受，而这样的难受（或者自卑），却是以过度的自尊表现出来的，就是一点儿也不能听到他人说中国人的不是。李老师为此不得不向我表示歉意，一再说他只是开个玩笑，因为他和那些老师都很熟悉了。我想这其实是我的问题，他不会明白的。他到美国已经快三十年了，差不多跟在中国的时间一样长了。

但是更多的时候，我很喜欢和李老师在一起。因为跟他在一起很踏实，很快乐。不但能增长知识（我听到不懂的英语可以随时问他），还能随时有幸福感，用他的话说，知足常乐。比如他到了停车场，刚好有个空位，他一定会告诉你这个车位是他的好运带来的，他总是有这样的好运。如果恰好没有停车位，他也会找个理由让自己下台阶，绝不抱怨。如果我遇到什么好事了，他更会很夸张地表示羡慕。听到学校的老师同学表扬我，他也会添油加醋地转达给我，让我开心。

李老师的人生观是三乐，知足常乐，助人为乐，自娱自乐。虽然我和他只有三个月的相处，这三乐也极大地影响了我。我现在偶尔碰到巧事，也会想，这是我的好运气啊。

在我想起李老师时，脑海里常会出现这样一个情形：我和李老师走在校园里，看到草坪上围了一圈儿人，在听中间一位说着什么。我问李老师他们干嘛？李老师说，中间那个在演讲，表达自己对某一问题的看法。学校里常有这样的人，自发地宣传自己的某个观点，听众也是自发的。李老师接着说，等我退休了我也想这样，时不时地到校园里做演讲，专门讲中国的传统文化，讲孔孟之道，讲中国的仁义、和谐、包容……

我相信李老师会做到的。希望那一天，我也能成为听众。

跟着谢老师去"烧瓶"

去美国之前,有几件事是我很期待的,其中之一,就是跟着谢老师去"烧瓶"。"烧瓶"这个词是我在网上学的,译自"Shopping(购物)"。这是音译,如果意译应该叫"烧钱"。估计女人们都认同。

之所以还没去就期待着跟谢老师"烧瓶",是因为我在她博客上看到一篇文章,题为《疯狂扫货在美国》,对她在美国购物的经历大书特书:"刚来时,看到美国人买衣服用车推感到很吃惊,经过半年的历练,我现在已经变得很'美国'了,最多的一次买了满满一车 30 多件,这种感觉既爽又过瘾,何曾有过!"

我暗暗高兴:这下好,可以好好享受一把购物了。

谢老师大名谢振芬,山东青岛人。曾经做过老师,报社记者,公司老总,电视台台长……人生经历很传奇,若要讲清楚得写一本书,还是留给谢老师自己写吧。谢老师和丈夫老袁到美国已经 5 年了,她在 OSU 当老师,老袁在家种菜(可参见《老袁的一天》)。最让我佩服的是,谢老师几乎不会英语,却操着一口略带山东口音的普通话,在美国自由自在地过着小日子。

我到美国第二天,在去学校报到回来的路上,谢老师就把我拉进了超市。因为我的一些生活物品没带全,她马上说带我去买。我当然很乐意,女人一说进商场就兴奋。进了超市,发现货架的摆放和物品种类跟中国差不多,但人非常少，显得很冷清。我们直接去了日用百货区，我正在那里买浴巾呢，谢老师就一头扎进了服装区。中国的大型超市里也有卖服装的，但我从不会在超市买衣服，感觉太不上档次了。但谢老师说，美国超市不一样，一些好牌子的衣服过季了就会撤到超市来卖，所以也可以在超市淘到相当不错的物美价廉的衣服。那天我买了浴巾、雨伞、双肩包，洗发香波等日用品，还买了睡衣和凉鞋，一共花了一百二十美元。感觉不贵。

以后，购物便成了我和谢老师进行最多的课外活动。我的课在中午，一点钟就下课了，谢老师是辅导课，更灵活些。所以我们往往一点半就离开学校，在回家的路上去商场。去得最多的，就是美国非常有名的梅西百货（Macy's）。可以说，哥伦布市的几家梅西百货都被我们光顾过了。

在我没去之前，老袁对谢老师的疯狂购物很不满，因为谢老师买回的衣服一多半送人了，她自己哪里穿得过来？每次回国都带一大箱。老袁认为她根本不是因为需要而购物，纯属为了过瘾，典型的烧钱。虽然烧得不多，但对于踏踏实实过日子的老袁来说，也是不能容忍的。但我去了之后，老袁不好意思反对了，谢老师便理直气壮地带着我去烧钱，我也以衣服带得不多为由，跟着谢老师一起"烧"。

记得第一次去梅西百货，老袁早上给我们准备午饭时就说，今天我多给你们带俩饼，逛店逛饿了先垫垫肚子。谢老师说，对对，带上饼，再装瓶水。我当时想，这也太夸张了吧？逛店还要带干粮和水？又不是去长征。结果完全出乎我的预料，我们还真是逛到晚上七点多才到家的。筋疲力尽。如果没有老袁的大饼中途加餐，我肯定会饿得胃疼，走不动路的。

这里我得实事求是地揭发一下谢老师，我的购物兴趣再怎么浓厚，也赶不上谢老师的一半。往往我都走不动了，恳求谢老师结束活动，谢老师仍不知疲倦地推着手推车在一排排衣架之间穿行，从折扣百分之三十的区域，逛到折扣百分之八十的区域；再从防寒服毛衣逛到吊带裙；我终于明白，谢老师为什么

如此低折扣

试衣间休息室

著名的梅西百货,外边一点儿商业气氛也没有

水果食品超市

把购物称之为"扫货"了，的确是扫啊，每次她的推车都堆积如山。而且她还一再说，你来的不是时候，如果是圣诞节前来，打折的好东西还要多。关键是，她买的大多数衣服都不是为自己。我经常听见她说，这个我妹可以穿，或者，这个你肯定合适。再或者，这个给我老娘吧。毫不利己，专门利人。

谢老师是他们家的老大，弟弟妹妹、弟媳妹夫以及侄儿侄女外甥，统统归她领导，很有领导范儿。我去了，自然也成为她的下属之一，购物时经常得请示她：这件行吗？这个可以买吗？谢老师对美国的行情早已烂熟于心，我只要看上一件上了 50 美元的衣服，她一定会给我扔回去：太贵了！不合算！或者，先别买，等打折了再说。所以，我们俩购物车上堆积如山的衣服，大多是十几美元到二十几美元的，甚至几美元（我曾以五美元一条的价格买了三条裤子），很少有超过五十的，更不要说上百了。而且付款时，折扣完了还可以使用优惠券儿，再减掉 50 美元不等。那些优惠券是随着广告送到家里的，很实在，面值写了 50 元一定会给你减掉 50 元，哪怕你只买了 60 元的东西。这样的诱惑的确很难抵挡。所以我一直到离开美国，才在一家品牌店买了一套一百多美元的西装（经谢老师批准）。坦率地说，至今也没穿过。还是那些便宜货实用。

除了买衣服，另一个我们常常光顾的就是药店。美国这点和中国很像，就是药店多，而且他们超市里也有专门售药的区域。最初我只是为了给妈妈买治疗关节的药，后来看到有其他药也不错，什么钙片啊，亚麻籽油啊，维生素啊，也会买。但根据谢老师的原则，这些药不能在原价时买，一定要在买一送一时买（谢老师真帮我省了不少钱呢）。我们每次走进药店，就先找那个"Buy one get one free"（买一送一）的标签。每天总会有几种药是贴了这个标签的，等过几天换了品种，我们再买那几种贴了标签的。比如一瓶钙片原本二十多美元，买一送一，只要十几美元了，相当合算。最最重要的是，质量有保证。

谢老师英语不行，我也不行，有些药品就看不明白，这可不像衣服，试一下就行了，不看明白不敢乱买，于是谢老师就打电话请外援。我们的外援是两个李老师，一个李敏儒，一个李冬。但求李冬老师的时候比较多，因为李冬是谢老师的好朋友，而且同为女人，她更理解我们的购物欲。李冬老师每次接到电话，都以最快的速度赶到商场，为我们做现场翻译。如果抽不开身，就在电话里帮我们解难。汗。

需要补充的是，谢老师虽然英语不来事，但购物方面的单词却说得很溜，张口就是 sale（减价），coupons（优惠券儿），或者"Buy one get one free"（买一送一），于是我也迅速学会了这几个单词。

写到这儿不得不总结一下，为什么在美国"烧瓶"会那么疯狂，我想有如下原因：

第一，美国商场人少，购物环境很好，累了有专门的休息室，休息室不但有卫生间，还有沙发、饮用水等；第二，经常打折，经常送优惠券，很诱人，尽管每件商品都扣税也不贵，有时候十几件衣服就一百多美元；第三，买衣服也跟买萝卜白菜一样，放到手推车里，选好了一起结账，太方便；第四，商场里到处都有扫描价格的机器，因为经常打折，扫描一下就能知道最新价格，不必去问售货员；第五，美国人都人高马大，我在那儿买衣服要买小号，感觉自己很苗条，增强了信心；第六，很多衣服都是"中国制造"，却比国内还便宜；第七，无论买了什么商品，你不想要了，不管过了多少天，只要标签还在小票还在就可以退。不用说理由。所以我跟谢老师常常在第二次购物时，退掉那些一时冲动买下的衣服。

最让我记忆深刻的是我刚到美国买的那双凉鞋，因为是高跟儿，始终没机会穿，装箱子带回又太占地方，时隔两个多月，竟然也退掉了。这是我对美国购物最欣赏的地方。当然，这个得靠自觉，你不能悄悄穿了用了再退。

所以，跟着谢老师去"烧瓶"，就是跟着谢老师去玩儿，乐趣多多。尽管回到家我们也常常后悔买多了，但购物过程中的快乐，捡到便宜货的快乐，还是很享受的。到后来，购物基本上成了我们的娱乐项目，极大地丰富了我在美国的生活。

洋学生的汉语作文

他们是我的学生。美国俄亥俄州立大学（简称 OSU）学习汉语的学生。因我的长篇小说《春草》，被该大学选为高级汉语教材，我便飞到大洋彼岸做了他们一学期的老师。

这个班被命名为"春草实验班"。OSU 东亚系汉语中心的教学团队，在汉语教学中创立了"体演文化教学法"，就是在教学中强调语言的文化环境，学习语言不仅仅学字、词、句和语法，还必须学习它的文化背景，以便能真正地掌握汉语，了解中国人，和中国人共事做朋友。为了配合这样的教学法，他们大胆地决定选一本中国作家的小说作为教材。于是《春草》荣幸入选，来到了 OUS，便有了这个"春草实验班"。

我去时，学生们已经上了两个学期的"春草"课了，加之本身就有一定的汉语基础，所以我去了之后，即使在课堂上全部说汉语，他们听课也一点儿问题没有。偶尔有不懂的，就迅速用手机上的翻译工具进行查询。我很欣赏他们的学习态度，有主动性，善于思考，经常提问题，从来不在乎面子，包括老师的面子（有时我读错了字，他们也会马上指出）。

作为一个作家，我在教学中自然而然偏重了写作训练。其实某些基本的写作理念，无论是汉语还是英语，都是一样的。比如要开门见山，比如要言之有物，比如要注重细节，比如要有起伏转折，还比如要有思想，要有亮点，等等。让我感到欣慰的是，他们进步很快，甚至很喜欢汉语写作。根据教学计划，他们需每周完成一篇作文，并且用手抄写一遍。他们从来都不抱怨，总是按时完成。每次看他们的作文，我都感到欣喜。

赛斯是他们中的"老大"，已经是在读博士了，他的专业就是语言学。所以他的作文总是层次清晰，逻辑性强，很少有病句。我常常表扬他带了个好头。但即使如此，他依然谦虚好学，遇有不清楚的地方，就到办公室来当面向我请教。有一次他写了一篇自己满意的作文，发给我看时开心地说：我觉得这篇不错，一篇比一篇好！又说，我发现我用汉语写作越来越自如了！欣喜之情溢于言表。但有一次，我让他们写"孝顺父母"这个题目，他交稿时说，裘老师，这个话题真难写，我花了很多时间，还是不太满意。我说你不会白花时间的，你肯定对这个问题印象深刻收获很多。他说是的。之后不久就是母亲节，我发邮件提醒他不要忘祝福母亲。他回复说我不会忘的，"我打算周末就回家去陪父母过妈节，在这里我也祝裘老师妈节愉快"。我被逗乐了，我谢谢他，然后告诉他：我们不叫妈节，叫母亲节。

傅森是个内向的学生，他是唯一没到办公室来跟我面谈过的，即使我提示他他也不来。有时他请假没来上课，看上去很有心事的样子，我关心他问他情况，他绝对不说。但他很喜欢写作，而且总是喜欢写些超现实的故事，想象力很丰富，常常出乎我的意料。因为他学汉语的时间短，常有错字和病句，有些错误还很固执，我只好提前到教室，当面讲给他听，错在哪里，为什么错。我看得出他是真心喜欢写作，作文写得一次比一次长，到期末时竟然写了5千字，令很多老师惊讶。我离开美国前，他给我写了一封稍长的电子邮件，谈了他对春草这本书的感受和他的一些经历。最后说，我很感谢你到美国来给我们讲课，我喜欢汉语写作，我喜欢这学期的每篇作文。我很感动。我想，这个内向的不善表达感情的男孩子，将来真有可能成为一个作家。

学生在参加社团活动

学生在排戏

洋学生的汉语作文

发表学生文章的天涯杂志

走之前跟学生合影

乔栩亚的性格则跟傅森完全相反，是一个活泼外向的学生，喜欢结交朋友，喜欢表达和演说。我们在进行课堂人物对话时，他总是能表演自如。他是这个班上汉语讲得最流利的，几乎听不出是美国人。他说这得益于他交了很多中国朋友。他告诉我，他在OSU的朋友，百分之九十是中国学生。但毕竟是在两种文化环境里长大的，交往中难免有碰撞和苦恼，他曾在作文里倾诉过。他的身体不是太好，家境也不是太好，打了两份工，因此经常缺课，让我感到担心。好在他基础不错，即使缺课也能跟上进度。加上他自己也很努力，就像他作文里写的那只小蜗牛，下定决心要靠自己的努力去看最美的风景。他的理想，就是到中国做一个电视台主持人。今年夏天他已经到中国来实习了。祝他如愿。

　　史华林刚满20岁，言谈举止还有点儿像小孩儿，很活泼，也很单纯。上课时总是踊跃发言，爱提问题。偶尔站到讲台上演讲，很难老老实实站着，一会儿耸肩，一会儿动胯，一会儿挥拳头，像跳街舞一样。他在作文里时常讲自己的故事，比如怎么谈女朋友的，怎么减肥（他曾经很胖，现在又高又瘦）。最后这篇作文，他写他曾经的理想是泡妞，后来觉得泡妞这个理想"太卑鄙了"，遂放弃。我修改时觉得"卑鄙"这个词用重了，就改成"太无聊了"。他看到后马上跟我说，裘老师，泡妞怎么会无聊呢？一点儿都不无聊啊。把我笑坏了，我说那好吧，咱们换一个词，换成"太差劲儿了"怎么样？他马上赞同说，好，这个词才能表达我要说的意思。

　　这就是美国学生的可爱之处，不盲从，即使是老师说的，也要弄明白了才接受。他们中唯一的女生贺凯也是这样的。

　　贺凯是个美丽的姑娘，性格沉静。虽然她的汉语讲得不是很流利，上课发言比较少，但我发现她是个很爱动脑子的学生，对许多问题都有自己独到的见解，与众不同。比如我讲到春草进城打工常常受人帮助，也帮助别人，就让他们写一篇助人为乐的作文。她就在作文里表达了对助人为乐不同的观点，她认为很多时候遇到困难朋友没来帮助你，不是朋友不好，而是朋友认为你有能力克服，不需要他人插手。当我问她是否喜欢春草这个人物时，她说，还行吧。我说看来你不是太喜欢她？她说，嗯，她太倔了。自己吃很多苦。

　　大部分的美国学生都生活优越，家境良好，从小受父母宠爱。让他们去体会春草那样的人生经历，的确很难。有一次我讲到春草受挫后，她妈妈不但不安慰她，还大声骂她。他们很不理解。我说这是激将法，中国家长常用这个方式对待孩子。他们马上表示说，不喜欢激将法，喜欢被表扬和鼓励。的确，美国孩子是在表扬声中长大的，可他们并不因此懒散，不思进取。前不久我给他们写邮件，问他们暑假是否出去旅游了？玩儿得是否开心？让我意外的是，他们回复我全部都在利用假期学习或打工，没有一个出去游山玩水的，令我感慨。

　　也许这就是我喜欢他们的原因吧。

　　注：回国后我选了几篇学生作文，推荐给了《天涯》杂志，他们选出四篇刊发在了2011年第6期的《民间语文》栏目上。本文是与四篇作文一起发表的。遗憾的是因为版面原因，其中贺凯的作文没能刊发，但我还是保留了对她的介绍。

随团旅行小插曲

坦率地说，我虽然去过不少地方，但几乎没跟过旅行团，通常是借出差或笔会去某地，同行者皆为熟悉的人。但这一次，不得不单打独斗了，因为时间就那么点儿，在国外也没那么方便约人。可如果不去游历一下美国东海岸的几个中心城市——纽约、华盛顿、费城、波士顿，去看看自由女神，看看帝国大厦，看看华尔街，看看白宫，就像没到美国似的。不甘心。

所以早在5月，李老师就给我介绍了一个当地华人经营的旅行团。我报了一个"美东六日游"，看项目介绍，真是物美价廉。但我是一个人，不想和陌生人合住，只好选择单间，享受不到买二送一的优惠了（其实就是夫妻俩可以免费带个孩子）。费用是600多美金，不包括往返机票，不包括饭钱和小费。都加上的话，也不会超过一千美金。

估计所有参加过旅行团的人，都熟悉旅行团的主旋律，就是起早贪黑，从一个景点奔向另一个景点。上车睡觉，下车撒尿，停车拍照。我的经历自然也跳不出这个主旋律。我就说点儿中间的小插曲吧。

临出发前，李老师怕我一个人到纽约后与旅行团联系不上出意外，特意打电话到纽约那边问接站情况。对方是个小姑娘，问，她是老年人吗？李老师说，她不是老年人，只是英语交流有一定困难。小姑娘说，她多大？李老师说也就

50 左右。小姑娘叫到：50 岁还不是老年人啊？放心吧，我们肯定会去接的。李老师气坏了，说 50 岁怎么是老年人呢，我 60 了都不是老年人！

李老师把这个对话讲给我听，我也是哭笑不得。曾几何时，我们"被"老年。此为序曲。

说六日游其实是五日。因为第一日就是集合：游客从各地飞到纽约汇合组成旅游团。下机后，接站的中国女孩儿说还有客人，让我先休息等候。我便去找了家华人餐厅吃饭。味道和价格都尚可，但居然不给开水，说没有。我只好四处晃荡去找，终于在一家老美开的咖啡店要到了开水。也许找他们要开水的人太多，他们不胜其烦。但真要如此，可以适当收费嘛，直接拒绝真不近人情。

此为插曲一。

后面的客人到了，是一家三口，俩年轻夫妻带着一个四五岁的男孩儿。中国人。后来我才知道，整个旅行团就我是单人，其他不是家人一起，就是同事、朋友、同学一起。形只影单的我，为掩饰胆怯，便作出清高的样子。

一辆面包车载着我们前往纽约中国城，在一家旅行社楼下集中。太阳很大，大家就这么站在街边等，感觉有点儿业余。导游让大家借此机会去超市买点儿水和干粮，说是以后几天，中饭和晚饭旅行团都有专门时间安排，早餐就保不齐了（后来果然如此，每天早上都是六点左右就起床出发，在车上随便吃点儿东西当早餐）。我自然很听话地去买了，我是最不经饿的人。点心，水果，饮料，加上巧克力。买好了回到集合地点，忽然发现我挂在包上的太阳镜不见了，只剩下一个空空的眼镜盒。

出师不利先遭贼。此为插曲二。

我们这批游客很多，四部大巴才能坐下。导游给我们编了号，编了座位。我在二号车，53 号。同座的是个中国男人，三十多岁，携家人出游，妻子和女儿在我们身后的座位。我们彼此作了最简短的交谈，我得知他是美国某大学毕业的，留在美国工作成家，应该是很常见的吧。我看到一份资料称，在美华人的学历相当高，大学本科的比例甚至不亚于美国人，就是因为他们吧。不过当他得知我来自俄亥俄州哥伦布时，很轻蔑地说了一句，哦，大农村。

以后的几天，我们就没再交谈过。此为插曲三。

整个旅游团百分之八十是华人，另外百分之二十为印度人、越南人、泰国人，总之都是亚洲人。导游是位三十多岁的女性，广东人，她轮番用英文和中文给大家解说，很流利很熟练。想想这种工作也是够辛苦的。她上车后说，今天晚上可以参观纽约夜景，三小时，自费（所以说是五日游）。我放弃了。一来刚到，人有点儿蒙，有点儿累；二来也想利用晚上看看学生作文。所谓纽约夜景，无非就是登到最高处，看一片灯火辉煌罢了。

第二天一大早我们就出发了。导游很有经验，说这几个参观点都是热门，必须赶早，不然排队排死。我们果然是第一批到帝国大厦的。帝国大厦是纽约地标，高87层。人们登顶就是为了俯瞰纽约，电梯呼呼地就升上去了，并不能在任何一层参观停留。我也不能免俗，在所有人（包括当年来此的儿子）留影的位置上留了个影，买了纪念品就下来了。

出发时我想，这都六月了，怎么也该热了，所以旅行箱里装的全是夏天的衣服，哪知气温一直很低，尤其早上，竟有些哆嗦。从帝国大厦下来，我发现街对面有个小店，便进去买了条长围巾。买围巾时有三个中国小姑娘刚离开，老板娘一边收拾柜台上的物品一边生气地嘟囔着。原来小姑娘让她拿出一大堆商品，翻来覆去折腾，最后一样也没买。我一边付钱一边劝老板娘别生气了，年轻人不懂事，我多买你两样好了。老板娘一下就缓解了（听口音是广东人），很痛快地说，你这个人好，我不收你税了（围巾10美元，加上其他小东西一共花了二十多美元，估计她免了我两三美金的税）。

为此我们俩都很开心，此为插曲四。

之后我们乘坐观光游轮，在哈德逊河上围着自由女神绕了一圈儿，全方位膜拜了女神。所有人都在拼命地拍这个高大粗犷的女神，并以她为背景拍照，

帝国大厦

不管她是否能眷顾自己。接下来的联合国总部、华尔街、时代广场等，都是蜻蜓点水般地参观了一下。最虚晃一枪的是参观世贸遗址，只是路过时让我们瞥了一眼。

跟旅行团就是这样，你没兴趣的不能免，你有兴趣的不能增加。比如大都会博物馆，安排的时间就实在太短了，一个小时左右。匆匆忙忙地看了几个展厅，和埃及有关的，和中国有关的，和艺术有关的。当然，要把所有展品看完，每样一分钟，也需要12年。我没这个理想。但至少应该留半天时间才是。从博物馆出来，看到一个黑人在阶梯上拉琴，便走过去放下五美元，不为别的，只为多一种经历。

反而是花在大无畏号航空母舰的时间特别长，偏偏我又没啥兴趣。尽管宣传说是花了1.2亿美元重新整修的，我也没有拍照。因为没兴趣，我就去购物，东逛西逛忘记了时间。等想起来时，四周已见不到我们同车的人了。此时单打独斗的坏处显现出来了，没有同伴儿叫你，也没人会想起你。我四处张望，并同时拨打导游电话，导游电话一直占线，后来通了又不接，令我气急败坏。因为她经常说，有事就打我电话，却原来这么不靠谱。后来还是我自己在街边找到了大巴，走近时，发现所有人都没发现少了我，导游看到我也很平静。我便把埋怨的话咽了下去。谁叫你不留心时间呢。

此为插曲五。

纽约留给我的印象就是人多。作为一个从中国来的人，应该已经习惯人头攒动的街头了。但走在时代广场，我还是觉得太拥挤了。这里聚集了全世界各种各样的人，据说光是官方语言就有200多种。说英语的只占百分之四十。名副其实的国际大都会。无论是北京还是上海，都不能比。

第三天是费城和华盛顿，这两个城市给我的印象都好过纽约，也许是因为它们比纽约安静。种种感受不在此细说。在参观林肯纪念堂时，（马丁·路德·金1963年曾在这里发表了著名演说《我有一个梦想》），我印象最深的不

大都会博物馆门前

美女妈妈和三个"芭比娃娃"

是纪念堂本身，而是门口一小景：一个年轻美丽的母亲，带着她的三个像芭比娃娃一样的女儿坐在台阶上休息，小丫头穿着宝蓝色的裙子，和她们宝蓝色的眼睛十分相衬。我不好意思凑上去拍，在一旁很留恋地看了好一会儿。心想，如果是一个黑人母亲和一对黑人小女孩儿在此，我就会上纲上线到马丁·路德·金了。其实，每个人种的幸福都很重要。

此为插曲六。

因为参观点特别多，疲于奔命。走啊走，一天行程几十里。幸好出发时爱莲借给我一双非常好走路的鞋子，不然早跟红军一样脚上起水泡了。直到最后乘坐游轮在波托马克河上游览时，才休息了一下劳累的"马蹄"。对于河岸上的五角大楼什么的，已经审美疲劳了。

连续三天，都是在美国的政治经济中心游走。它们真的是和哥伦布大不同，难怪我那位同座说哥伦布是大农村。接下来就走出中心了，我们第四天的目的地是尼亚加拉大瀑布。

路上先后参观了康宁玻璃中心和好时巧克力城。玻璃中心还有点儿意思，有全球最大的玻璃收藏博物馆，观看了现场制作玻璃表演。巧克力城就没什么意思了，估计旅行团跟巧克力企业属于"共建单位"。我买了两样意思意思，剩下的时间做了一件事：给相机充电。根据李老师的建议，我随时带着充电器，一到有插座的地方就立即拿出来充电。拍照多，电池消耗很快。

按原计划，我们应该在黄昏时赶到大瀑布。我期盼着能拍到大瀑布的夕阳。没想到快要抵达时我们车坏了，水箱漏水。大家百无聊赖地站在一片空地上等，周围啥景色也没有，我只是不停地拍空中飞来飞去的鸟。虽然我觉得这个旅游公司在出发前对车辆检查不够仔细，负有责任，但看到导游忙不迭地打电话搬救兵，也不好意思理怨了。

等了大约四五十分钟，救援车赶到了，是旅游团的另一辆车，它把它车上的旅客送到酒店后返回来接我们，直接把我们送到大瀑布去看夜景（我们赶到

尼亚加拉大瀑布夜景

气势磅礴的大瀑布

已是九点半，天黑尽，满眼灯光，以及灯光照耀下的瀑布）。在我们看瀑布时它再返回去拉我们的行李，再赶到大瀑布接我们去宾馆，真是辛苦。

据说我们睡下后，公司从纽约派了辆大巴连夜赶过来，由两个司机星夜兼程八小时，在我们早上出发前到达。就从这点看，这家旅游公司还是不错的，补救措施很得力。

此为插曲七。

第二天一早我们又来到了大瀑布，灯光退出舞台，瀑布在阳光下裸奔。气势磅礴，即使是在平坦处，河水也汹涌澎湃，声势浩大。在不顾一切地跃下万丈深渊后，竟然惊起了彩虹！这是我在美国第二次看到彩虹，兴奋不已。我愿意把它想成是老天给我们的弥补。

离开尼亚加拉大瀑布后，我们去了下一个著名城市波士顿。

说到波士顿，要讲插曲八了。

我知道波士顿这个地名很早，不是因为哈佛，而是因为我有个年轻时代的好朋友在波士顿，她在九十年代拿到麻省的博士学位后，就定居在了波士顿。因为很多年没联系了，我对联系上她没抱啥希望。一直到离开大瀑布的那天晚上，我才试着发了一封电子邮件，告诉她我第二天就要去波士顿了，问她是否在？然后留下了我的手机号。发完邮件我就去洗澡了，等我洗了澡回来，竟然收到了回复！而且她说，她已经准备睡了，忽然想起再看看邮箱，就看到了我的邮件。哈哈，这就是缘分，你不得不相信缘分。

所以，此处我不得不忽略接下来参观哈佛参观麻省理工学院参观波士顿市区等项目，直接说与她的见面了。我的这位女友实在太厉害了，是我佩服的为数不多的人之一。她学工科，在国内拿到硕士学位，到美国改学电脑，拿到博士学位。这都不算什么，让我佩服的是，她在文学上也颇有造诣，出国前就发表了不少小说。前几年忽然想重操旧业，就放弃了收入很高的电脑工程师工作，重新开始写小说。我见到她时，她已经在《纽约客》等杂志上发表了好几篇小说了，并且出版了英文小说集。这样的牛人，就该住在波士顿。

中午，女友和她的老美丈夫到昆西市场来接我。我是晚上的飞机，正好有四五个小时空闲。他们先请我吃了一餐正宗的美国午餐，然后接我去他们家。

他们家的房子和大多数美国中产阶级一样，独栋别墅，楼上楼下，车库草坪花园一应俱全。不同在于，他们在花园里修建了一个中国亭子，由女友自己设计，和丈夫一起施工。像模像样的，在局部体现了中国特色。女友原先还打算再栽一些芭蕉的，在亭子里看书时，有一个雨打芭蕉的氛围。可惜波士顿气候太寒冷了，未遂。

坐在舒适的客厅里，与女友饮茶对谈，为我的美东六日游打上了完美句号。

十二个细节

平生第一次参加旅游团，且是一人行。爽的是不必随时考虑他人，管好自己就行，不爽的是偶尔想给自己留个影，需开口求人。好在想留影的欲望不强烈，只偶尔求路人甲或路人乙咔嚓一下。

这一趟美东六日游，游走在美国心脏，纽约华盛顿费城波士顿，都是如雷贯耳的城市。收获颇大。但我最不善写游记，故此篇以点数罗列所闻所见所遇和所感。

1. 当我站在帝国大厦上看纽约时，觉得和上海差别不大；高楼林立，热闹繁华。但行驶在一些小城市或者乡村时，会感觉没法比；由此体会，中美之间的差距在大城市缩小了，在小地方依然很大。而缩小乡村的差距更难。

2. 中国人真多，一路游一路见同胞，仿佛走在中国景区。能感觉到美国人已经意识到中国游客是"市场"了，在帝国大厦的电梯里，居然有中文广播，在康宁玻璃城表演时，居然增加了中文解说；我去柜员机取钱，居然出现了中文提示。这对历来当老大的美国人来说，不容易。

3. 发现中国游客的文明水平有所提高。大声喧哗的少了，不排队的少了，随地扔垃圾和随地吐痰的少了（我特别注意观察，一次都没看到）；但依然有不足，比如参观时不认真听讲解，光知道照相；还比如缺少自信友善的笑容，目

华盛顿纪念碑

光总是警惕的。

4. 相比之下，美国游客总是一脸阳光般的笑容，他们在任何地方留影，都不会老老实实地站着，一般都伴有形体动作，那些形体动作谈不上优雅，也谈不上酷，比如像投降一样举着两个胳膊，或者很老套地比个 V 字；但我可以看出他们很开心，很自在，甚至嬉皮笑脸。尤其在华尔街那面很大的星条旗下，他们的神情和动作就如同跟自己家的狗狗合影，这反倒让我羡慕。

5. 在曼哈顿，在华尔街，在距离白宫不远的政府部门门口的街道上，我都看到了小商小贩们的摊位。原来有大生意的地方，也允许小买卖存在。做大事情的地方，也不歧视小事情。这些摊位大多是卖旅游产品的，一个接一个。摊主多数是黑人，也有个别亚裔。我相信他们一定不担心城管，按规矩缴税即可。

6. 华尔街的那头著名金牛，被中国游客围得水泄不通，我只好站在远处看了看牛背。从人群的缝隙中可以看到，那牛头已经被无数满怀期待的人摸得铮亮，也许已经摸掉一层皮了。我感到奇怪，他们是指望它顶起中国的股市吗？可是它连华尔街的都没顶起来啊，那可是它自家的。

7. 参观华盛顿纪念碑时，导游介绍，此碑系埃及式大理石方尖碑，高169米。华盛顿法律规定，任何建筑不得超过这个碑的高度，所以你在任何角度都可以看到它，它就像一把白色的剑笔直地插入蓝天。但导游又特意提醒我们，这个碑的下半部分和上半部分颜色是不同的。我一看，果然，下面的石头颜色浅一些，上面的石头颜色深一些。导游说，那是因为当初修建这个碑时，修到一半，浅色的白色大理石用完了，于是就换了另一个州的另一种石头继续往上修。这样的事在中国是绝不可能发生的，我们要么修之前先把石头备足了，要么就把下面的部分拆掉，换成同一种石头重修。可是，两种颜色的方尖碑，不也一样雄伟吗？

8. 在费城参观老国会厅时，见旁边有一红砖厕所，导游说，这个厕所的原址是华盛顿故居。我难以置信，追上去再问了一遍，得到了肯定的答复，的确

华尔街上不堪重负的金牛

游人在国会大厦草坪上拍照

是在华盛顿故居上修建的。心中大发感慨，美国人真性情中人那。如果在咱国，伟人故居的原址不要说拿来修厕所，就是修饭堂也不行啊。肯定要修整完善，庄严地供着，让后人参观。

9. 美国人的随意还体现在他们的国旗上。一路走一路都见到他们那红蓝色的星条旗，规格很不统一，有的大，有的小。有的有旗杆，有的就挂在树上或窗户上。一些重要机构上插着它很正常，一些看上去破败的地方也挂着。国旗图案就更随意了，衣服上，日用品上，旅游纪念品上，到处都印。我买了一摞一次性纸盘，用来装垃圾的，也是国旗图案。据说还有印在短裤上的，我没买到。

10. 华盛顿越战纪念碑，据说是在争议中修建起来的，有一面墙是在越战中死亡的士兵的照片，旁边则是一组美军士兵的雕像。我忽然发现，这些雕像没有一个造型是英勇无畏的，虽然大小完全跟真人一样，但他们的形体动作和面部表情，全都呈现出一种小心的，紧张的，甚至害怕的样子，端着枪，弯曲着膝盖，佝偻着腰。但这却很感人。想想我们的那些战士雕像，哪一个不是勇敢地向前冲的样子？也许，这体现了他们对这场战争的反思？

11. 参观自由女神像之前，我们先去看了纽约世贸大厦即双子塔的遗址。这座曾经傲立在纽约中心，甚至是世界中心的著名建筑，已经消失了10年了。我们在感慨时间飞逝的同时，也不得不感慨美国人的磨蹭。10年过去了，在原址上修复的"自由之塔"仍未完工，原先的计划是2012年竣工，后来改成2015年，看现在的情形，我估计得2020年了。据说是很多扯皮的事延误了工期。

12. 去大瀑布的路上，我们的大巴坏了，水箱漏水，当时已是黄昏。导游迅速联系她的上司采取措施，将我们安顿住下。是夜，另一辆大巴从纽约赶过来，两个司机轮番开车，在第二天中午我们要离开大瀑布时，新车已等候在宾馆门口。新换的司机是个中年女人，我第一眼看到她时，她竟然爬到大巴下面的底层，将所有人的箱子一一摆好（前面那位墨西哥司机都没有做到这样）。我真是很感慨。更让我感慨的是，她笑容满面，丝毫没有"做苦力"的表情。她是个胖胖的金发白人。

差不多就这些吧。刚好一打。

可爱的小城麦迪逊

说来可笑，从没去过美国的我，还以为只要到了美国，想看哪个朋友都没问题，大不了周末飞一趟。所以当好友余青让我去看她在美国的姐姐时，我一口就答应了。等到了美国后，余青的姐姐给我发来电子邮件，确认我去她那里的时间，我这才开始查询行程，一查才知道，哪里那么容易呢。

余青的姐姐李燕（她们姐妹俩一个跟爹姓一个跟娘姓），家在威斯康辛州州府麦迪逊。从地图上看，从哥伦布到麦迪逊的直线距离并不算远，往返机票也就是两百多美元。但麦迪逊没有机场，真要去的话，只能飞到芝加哥或者密尔沃基（Milwaukee）中转。而且也不像我想的，利用一个周末就可以去。从我住处到机场也是很麻烦的，需要别人送我，也得耽误小半天时间。把往返时间一除，就没什么玩儿的时间了。

于是我和李燕又是电话又是邮件，反复商量如何安排。最后确定，还是等我课程结束后再去，即把原来计划的出游的时间延长，在结束了旅行团之后，从波士顿转机去她家。几番折腾下来，我暗暗有些后悔，我怎能那么轻易地答应要去看她呢，把自己搞得如此被动。

但是，真的去了之后，我却发现，我非常喜欢这个安静的美丽的小城，非常享受在李燕家的日子。甚至可以说，我跑的几个美国城市里，最愉快的就是麦迪逊之行了。我还记得我跨进李燕家大门时，刚下班的李燕笑容满面地迎上来，第一句话就是，我们家终于来亲戚了！

这话让我心里热乎乎的，同时也深深地体会到了一个游子身处异国他乡的寂寞。李燕到美国已经十多年了，虽然也时常回国探亲，但毕竟大部分时间是远离故乡和亲人的，她把我，她妹妹的好友，当成了来自国内的亲戚，而我，见到她也像见到家人一样，没有丝毫的生疏别扭，我们一下子就亲近起来。

李燕虽然是朋友的姐姐，却比我小3岁。她是个游泳高手，很小就特招进了部队体工队。后来改行学护士，再后来转业。到美国后，一点儿英语基础也没有的她，很快学会了英语的日常会话，然后就去报考护士。美国的护士是很难考的，她却凭着高超的技术考上了。现在她在一家医院做护士，技术好，脾气好，大家都很喜欢她，遇到不好处理的病人，就会请她帮忙。一句话，她也是那种为咱国拿脸的旅美华人。李燕的丈夫段先生是做电脑软件的，书呆子一个，成天趴在电脑前，要么工作，要么看网络武侠小说，不喜欢和外界交往。但我去了后，他非常给面子，连续三天开车载我去参观游览，去了很具特色的"石头上的房子"（也是个博物馆），去了威斯康辛州州立大学（他们女儿在此就读），去了密尔沃基的艺术展览馆，还去了芝加哥的海洋博物馆和人类史博物馆，大饱眼福。

但我最喜欢的，还是在麦迪逊城里的随意游览。

虽说麦迪逊是威斯康辛州的州府，却是个小城，只有20万人，让我想到四川的很多县城。城里除了一个州政府，一所大学（威斯康辛州立大学）外，几乎没有大型企业大型工厂，感觉很清静，很干净。

到那里的第二天，我们从密尔沃基艺术馆参观回来，刚进家，李燕就说还有一点时间，抓紧带我去州政府参观一下。我当时兴趣不大，心想一个政府机构有什么好参观的？但看李燕那么热情，还是跟着她去了。好在开车10多分钟就到了。

州政府大厅

从李燕家后窗望去

市民们出售自制的点心

自己种的蔬菜

州政府是一座白色大楼，有一点像美国国会大厦，四面裙楼，中间是高出裙楼的欧式圆顶建筑。门口没有站岗的，可以随便进。大楼里面很漂亮，白色的大理石地面，黑色的大理石柱子，柱子和墙壁上有各式壁灯，还有很多精美的绘画，像教堂一样。但在大厅正面，插着好几面旗帜，有美国国旗，威斯康辛州的州旗，大概还有麦迪逊的旗子或其他组织的旗子，一共七面。旗子中间有一座石碑，上面刻着历任州长的名字和头像。

　　我们去时，已经是下班时间了，几乎没看到什么人。但却看到一楼的大厅的地下，有两个女人盘腿坐着，她们闭着眼，摊着两手，很像在练瑜伽，仿佛已入无人之境。为什么到这里来练瑜伽？如果不是练瑜伽又是干嘛？静坐抗议？我百思不得其解。李燕也不太明白。但她说，在美国，什么稀奇事儿都可能发生，她已见惯不惊。

　　我们上到二楼，果然又看到了"稀奇事"：一个女人高举着一张白纸在进行抗议活动，旁边还有个男的专门给她拍照。牌子上写着"某某滚出学校！"但举牌抗议的女人并不愤怒，也不喊口号，脸上还略带几丝笑容，旁边站着四个警察，在那儿闲聊，对眼前的一切视而不见。四个警察的制服是不一样的，两个黑色的，两个灰色的。我估计是内勤和外勤的区别。李燕告诉我，在美国，如果你进行抗议活动，不管几个人，也要先申请，备个案。一般来说，只要申请都会被批准。知道有人抗议，就派俩警察来执勤。警察在那儿，哪怕是聊天，抗议的人也不至于有什么过激举动。我想，对美国这样持枪很普遍的国家来说，这样的警戒还是很有必要的。

　　走出大楼，一眼看到大楼对面有个亭子，亭子里放着三块门板那么大的纸板，上面写满了字，各种颜色的笔，各种字体，有提意见的，有骂脏话的，有画漫画的，更多的是直接骂人，让州长下台，滚蛋，等等。全是老百姓表达的对州政府的不满。

　　我问李燕为什么有那么多不满，李燕说是因为最近政府削减了许多公共开支，比如对学校。我又问为什么削减开支？李燕说经济危机啊，州长也没办法。

我将三块纸板都拍了下来，心里暗暗期待着，什么时候，能在成都也看到这样的纸板就好了，我们的政府也能给老百姓一个提意见甚至骂人的平台。

第二天是周末，李燕夫妇陪我去石头房子参观。出发之前我们先去了麦迪逊的农贸市场。李燕告诉我，麦迪逊有个传统，每个周末州政府楼前都有个热闹的集市，她婆婆来美生活期间，最喜欢的就是这个周末集市。因为那里有人气，有浓厚的生活气息。

我一看，这个集市果然很有特点，它不像国内的集市是沿街摆开的，它是环绕着州政府的大楼摆开的，形成一个圆圈儿。每个市民都可以在此摆摊，卖蔬菜、水果、鲜花、点心等等。这让我感觉特别好。庄严的政府大楼，被小商小贩们环绕着，一片祥和。我想如果从空中看下来的话，一定像是给大楼镶嵌了花环。

我们绕了一圈儿，蔬菜和鲜花最多，除此外，还有自酿的酒，自己采的蘑菇，自制的蜂蜜，自制的点心，让人心醉。我想我要是生活在这里，一定也来摆个摊，可以卖粽子、包子、饺子什么的。李燕买了一把芦笋，买了点儿水果。因为要上路，我们不敢耽搁太久。离开时，我真有些依依不舍呢。

因为这个农贸市场，因为那三块抗议言论的纸板，还因为大楼里示威的女人，我一下子喜欢上了这个小城。我想象的理想生活，就是这样的吧。

明亮的芝加哥

还没到李燕家，李燕就在电话里告诉我，他们已安排了一天时间，专门陪我去芝加哥。我暗暗高兴：这下又多了个可以炫耀的美国城市了，把访美成果进一步扩大了。在美近三个月，我有两个半月是在哥伦布上课。即便如此，我还是去到了7个洲：俄亥俄州，宾夕法尼亚州，纽约州，新泽西州，威斯康辛州，伊利诺伊州，西维吉尼亚州（路过）；另外跑了7个著名城市：纽约，费城，华盛顿，波士顿，匹兹堡，克利夫兰，麦迪逊，现在又加上一个芝加哥。

芝加哥大名鼎鼎，是美国第三大城市，仅次于纽约和洛杉矶。不过中国人知道芝加哥的原因却各有不同，很多老同志是因为五一劳动节而知道它——1886年5月1日，芝加哥几十万工人为争取八小时工作制举行罢工和示威游行。故"五·一"国际劳动节和"三·八"国际妇女节都起源于这座具有工人运动光荣传统的城市；很多男人是因为公牛队而知道它——芝加哥公牛队绝对是全球知名度最高的NBA球队，连我这个体育不爱好者都知道有个著名球员迈克尔乔丹就是公牛队的。因为芝加哥的畜牧业很发达，所以他们的橄榄球队棒球队和篮球队都以"公牛"命名；还有很多人是因为电影知道它——比如《芝加哥》《我好朋友的婚礼》《二见钟情》《王牌对王牌》《义胆雄心》以及电视剧《越狱》。

我属于最后一种。我对芝加哥的印象完全来自电影,而且是那种街头黑帮打斗的电影,以及警察和歹徒拼死搏斗的电影,所以一想起芝加哥,脑海里浮现的就是黑夜里的枪声警笛声以及汽车急刹声……

看到李燕夫妇那么轻描淡写地说要去芝加哥,心里便有一种忐忑的期待。一早从麦迪逊出发,一路顺畅,不到三个小时就到了芝加哥。蓝天白云,阳光耀眼,眼前的景象和我脑海里的芝加哥完全不搭!甚至连一点边儿都沾不上。

原来芝加哥如此明亮!

明亮的蓝天,明亮的密歇根湖。湖面上帆船点点。蓝天下高楼林立(美国最高的楼不在纽约在芝加哥)。人们慵懒地坐在草坪上听音乐,或者耐心地排队参观博物馆,没有半点儿的紧张刺激和黑暗。

当然,我在芝加哥的一天,仅仅是游走了这个城市很小的一个角落,就像在成都只走了天府广场和春熙路。一个局部显然不能概括一个城市,但至少,我看到了芝加哥的另一面。

李燕夫妇给我安排的主要项目是参观博物馆。在我们停车的密歇根湖旁边,就有三家博物馆:自然博物馆,水族博物馆和艺术馆。

芝加哥有各种博物馆43座,还有200多家剧院。光看这个,我们与美国的差距就不是一点点。比如同为大城市,上海的人口是2300万,拥有有23座博物馆,一百多家剧院(在国内已经很了不起了);芝加哥的人口是一千多万,却拥有博物馆43座,剧院200多家。人均拥有量均为上海的两倍。如果说这是因为美国是发达国家,那么,我曾去过的莫斯科和彼得堡,也是以博物馆众多给我留下了深刻的印象。我想这大概就是文化底蕴吧,不是靠短期突击能跟上的。由此想到,我们要成为文化大国,任重,不是一点点,道远,也不是一点点。

因为是周末,参观的人很多。尤其水族馆,排队好长好长,估计是很多家长趁着周末带孩子来看的。我们便先去参观自然博物馆。

自然博物馆非常大。一进门,大厅就盘踞着一副巨大的恐龙骨架。好像一

广场上的巨型亮球

别致的音乐厅

说"史",就绕不开这个庞然大物。里面分很多馆,非洲的,美洲的,亚洲的,大洋洲的。时间有限,我们主要看了非洲的。展品很丰富,我看到了许多以前不曾见过的展品,尤其是埃及的,不愧为文明古国。

无法回避的是,博物馆里竟有一个西藏展区,和中国展区是分开的。我心里一下子有些不是滋味儿。这时我发现西藏展区门口有个橱窗,里面订着很多小纸条,是游客的留言,有英文写的,有中文写的,多为抗议或质问为什么要把西藏从中国展馆独立出来,西藏是中国的,分裂可耻,等等。看来不是滋味儿的,不止是我。OSU校园里,我也碰到这个问题,也曾与美国学生探讨过,还举办了一次讲座,《我所看到的西藏》。但让我不解的是,那些从未去过西藏的美国学生,对此却有着非常固执的看法,对我这个去过十几次的人所讲的依然持怀疑态度,只相信他们政府说的。虽然如此,在该校访问学者的登记表上,中国一项里,仍很明确地写着包括西藏。为什么这个博物馆要这样做呢?

走出展览馆,又看到了晴朗的天空。但与我初到时看到的天空,已经多了一层意味。

水族馆那边,依然排着长龙,起码有两里长。而艺术馆最近正在展出的是抽象的现代艺术,我没什么兴趣。我们就决定去游览市区。我也想看看那些经常出现在电影里的街道。

市区广场有一巨大的喷泉,据称是世界上最大的喷泉。水柱环绕,层层叠叠,一共三层,大概也有三层楼那么高。喷泉旁边,有些青年男女踩着独轮在滑行。我没搞清楚他们是在游玩儿还是在工作,因为回国后我就在北京天安门看到了同样的独轮车,只是踩在上面的是警察。这几年,我们国家在硬件上总是跟得很快,发达国家有什么我们也就有什么了,但软件的距离,却总是很难缩小。

街头,正在举办一场演唱会,肯定是属于免费欣赏的,一群黑人在演奏,一个胖胖的黑人阿姨在歌唱,扭动着她胖胖的腰肢,很陶醉的样子。台下的观

大型喷泉

自然博物馆一角

众有席地而坐的，也有从车上搬下椅子坐着的，更多的人就站着。一些人还随着他们的音乐在跳舞。跳舞的人群中，有个穿白衣服的男人引起了我的注意，因为他很像中国人，他和几个老外一起，转着圈儿蹦蹦跳跳，很带劲儿。我心里赞了他一下。很多中国人在国外，尤其是发达国家，总是很拘谨。

迎面遇到一辆像装甲车一样的巡逻车，上面坐着四五个警察。这个，总算和我看过的芝加哥电影沾边儿了。

再往前走，看到了一个奇特的建筑，屋顶放佛是用刨花搭起来的，银白色的波浪在阳光下翻卷着。李燕告诉我那是个音乐厅。看来芝加哥人民不仅喜欢体育，也喜欢音乐。

走近才看清，在中间那个黑乎乎的地方，一个乐团正在演出。是很正规的演出。但几乎没有观众，音乐厅的红椅子全部空着，人们都很随意地坐在音乐厅外面的草坪上，仿佛那演奏的，只是个背景音乐。真替那些演奏者叫屈，如此，还不如放录音呢。

但一想，也许，这就是人家有文化的表现。

等我们从市区转了一圈儿回来时，忽然发现水族馆门口没有人排队了。但一看时间，已经是傍晚6点了。还来得及参观吗？

我们走过去，几乎是不抱希望地问工作人员，现在还可以进去参观吗？哪知工作人员非常热情地告诉我们，当然可以，今天是免费参观（难怪那么多人排队），推迟到8点才关门。

我们大喜。赶快进去。

说实话，我真的很感慨。因为免费参观，就特意延长时间，让更多人的享受实惠。这，也是有文化的表现。

但对我来说，好事没能成双，我的相机没电了。

说到相机的电，我这次很后悔没带一块备用电池。虽然李老师教我一个办法——随时带着充电器，因为美国任何地方都可以充电，你随时充就行了。比如吃饭的时候就在饭厅里充,甚至厕所里也有插座。但毕竟一直在路上走,不可能随时停下来的。所以从美国回来,我立即上网订了一块备用电池。

在芝加哥市区浏览时,我拍得太多了,相机电池很快耗尽。进水族馆后我只好用手机拍,手机也很快没电了。"弹尽粮绝"之后,我只好眼巴巴地看着那些美丽的水下精灵。有些是我从没见过的,非常奇妙。我们在水族馆待到天黑,差不多要关门了才出来。

在夜色中,我们离开芝加哥。车窗外灯火通明,依然明亮。

我想,芝加哥的明亮,不仅仅在于良好的天气和空气,还在于良好的文化氛围。虽然这氛围里,有让我感到遗憾的地方。

紧邻密歇根湖

亲爱的老美

访美之前，为了办理各种手续，我跟 OSU 负责访问学者的一位女士通信往来了很长时间，她让我填写各种资料，回答各种问题，以办理相关手续，我一一照办，并不断请教。有些手续还很复杂，需要到学校的网站上去填写。于是从去年 11 月初开始，我和这位女士通信了十几次，她的信每次都是这样开头：亲爱的山山。我便入乡随俗，也称她亲爱的某某。在这样的友好往来中，新年到了。我想我们已经亲爱了这么久了，就给她发了一封恭贺新年的邮件，附上了一个特别漂亮的百花盛开的动漫贺卡。但这封情深意长的邮件她没有回复，如石沉大海。等她再一次给我来函时，仍是关于手续办理的，一句也没提我的那封恭贺新年的邮件，我这才知道我是自作多情了。也许在美国人那里，"亲爱的"相当于咱们喊同志。

等我降落到大洋彼岸，置身于亲爱的老美中间，才发现他们和我们的差异竟那么大。不说长相了，那是明摆着的，说点儿习性吧。比如他们那么喜欢喝冰水，无论冬夏，也无论老少；比如他们那么愿意晒太阳，从不见打遮阳伞的人，实在没太阳了就去美容院烤那个紫外线，以求雪白的肤色变成小麦色；还比如他们那么懒，到路口信箱取个报纸都要开车（从车库倒车到路口）。下雪天，大雪把汽车埋了，早上出门时，他们仅在前后左右的车窗上掏四个小洞，

五月校园里的日光浴

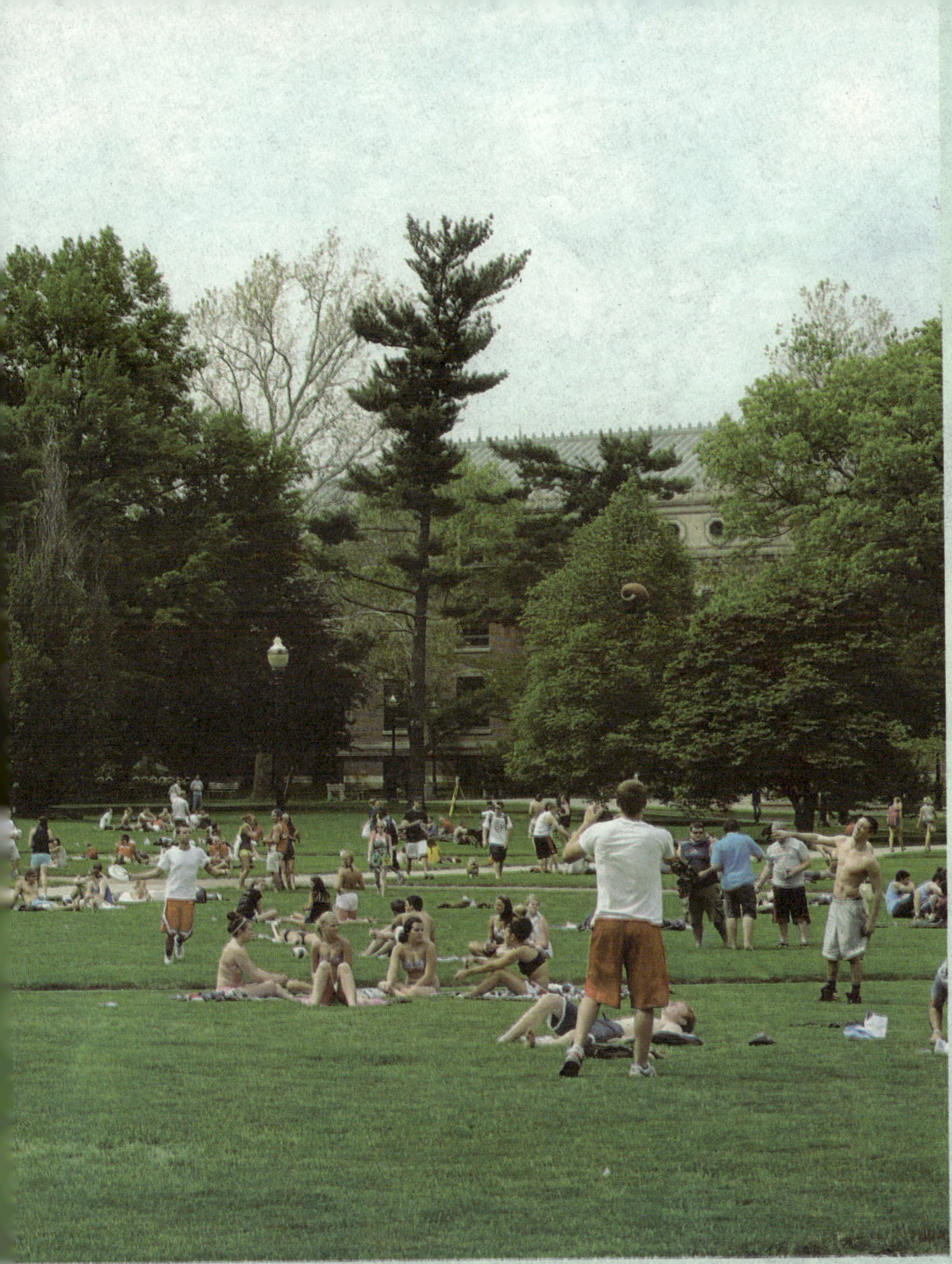

玩游戏的学生站在校长塑像下

抱着女儿割草

供行驶时看路用，其他就不管了，一律等雪自己融化；还比如他们那么喜欢吃糖，天天吃顿顿吃，以至于到处都是那种胖到挪不开步子的人。就没人告诉他们此嗜好对身体不好吗？好几次我走进他们办公室，就闻到了浓烈的甜香的味道，仿佛在招摇他们的甜蜜生活。

当然，有差异很正常，且不说我们隔着太平洋，就是同一个国同一个家的人都还有差异呢。

在我眼里老美还是蛮可爱的。他们很爱笑，任何时候见到你，都会笑容满面，主动打招呼：good morning！ hello！ how are you！ have a good day！有时我们散步，身边过去辆车，都会看到车里的人在跟你挥手。于是我也很快养成了见人就招呼的习惯，当然俺英语臭，一律用最简单的 hi，一 hi 到底，伴以真诚的笑容。

老美还有个可爱之处，就是守规矩。行车也好，公共场合办事也好，都按规矩来，该让就让，该等就等，该排队就排队，绝没有人抢个先什么的。若狭路相逢，马上来一句"Excuse me（打扰了）"，若无意中碰了一下，一句"sorry"脱口而出，客气得不行。

除了客气，老美还乐于助人。我住谢老师家时，亲眼目睹了一次洋雷锋做好事。谢老师的丈夫割草时，割草机机陷入了泥潭（连日下雨导致草坪泥泞），他打算等太阳晒干了地再说。哪知老美邻居看见后，主动开着自家的吉普带着牵引汽车的钢绳来了，帮他们把割草机拖了上来。这真是让我很感动，连忙做现场新闻记者拍照。谢老师说，每年冬天下大雪，老美邻居都帮她家铲雪，她就以中国方式表达感谢，做点儿好菜或饺子送给他们。

陌生人也会主动帮忙。有一次我在超市买东西，排在我后面的老美就主动让我用他的超市卡（因为凭那个卡可以打折），一下帮我省了好几美元。一旁收款的售货员笑眯眯地看着，毫无不快。

其实售货员也会主动帮你，有一次我要买一瓶雅诗兰黛护肤品，她马上告诉我，你再晚十天来买就有赠品了，然后教我怎么才能拿到赠品。本来我对那赠品也是无所谓的，见她那么热心，不要都不好意思，于是把买好的东西存在她那儿，到有赠品的日子再请朋友去拿，果然就有一包东西。这样的热心我还真不习惯，不知她们的老板对她们这样为顾客着想怎么看？

我是个习惯喝热水的人，带了个茶杯，走哪儿都问有没有"hot water（热水）"。在机场，在一些快餐店，但凡遇到老美，他们总是免费给我加上，反而是中餐店不乐意，一次回答我没有热水，一次要了我五毛钱，让我身在海外也感受到了中国特色。我猜想其原因是他们已经不胜其烦了，大多中国人都有这毛病，大多中国人都只在中餐馆要热水，所以我也能理解。

但老美也有很多让我看不惯的地方（此文完全按中国方式写的，先表扬后批评）。和中国人差不多的毛病我就不写了，写写他们独有的。第一是浪费。像我这种从小被教育要勤俭的中国人，看到浪费现象会感觉很刺眼。比如浪费电，你随处都可以看到他们亮着灯，很多房屋的墙上都有长明灯，24小时亮着。这个尚可理解，也许是为了晚上好找到自己的家。但灯光球场大白天也亮着。我去学校的路上要路过两个球场，篮球场和棒球场，大白天都开着灯，很大的灯，一个球场六个灯柱，一个柱子上并排三盏，18盏大灯跟18个小太阳似的，从早亮到晚。也许不是故意的，是忘关了，但忘的频率也太高了吧。我只偶尔看到它们被关掉。去购物，商店外面的广场上也如此，耀眼的阳光下，十几盏雪亮的大灯与太阳争辉。

比长明灯更厉害的是空调。老美的空调非常辛苦，四季不停，暖气关了马上开冷气。今年哥伦布天气偏寒，5月份还冷飕飕的，停不了暖气。到5月底总算暖和了，那天我高高兴兴地脱掉毛衣换上夏装去学校，一进到教学楼一股冷气扑面而来，原来他们马上就换制冷空调了，而且一开就开到18度，冻得我不得不披上一件毛衣。谢老师警告我，在这里你休想穿裙子，也不要穿半截裤，会得关节炎的。

老美对电的浪费已经到了故意的份儿上，冬天时，他们会把房间温度调高到30度，然后穿着背心短裤在家里晃荡（难怪下雪天也会有穿短裤拖鞋的人在外面走）；夏天时，他们会把温度调到18度，须穿牛仔裤和长袖衬衣才行。他们的室内温度总是和室外温度有着巨大的差距，不知这习惯是怎么养成的。

老美在其他方面也很浪费，比如纸。家家户户每天都会收到各种堆成山的广告，有些广告的纸张非常好，至少是70克以上的铜版纸（我有编辑职业病），也从来没见过回收的人；有时我出去散步，会看到很多美国人家门口扔在地上的没有打开的一卷卷的广告，风吹雨打，化作泥浆。学校里也一样，无论打印什么都不在乎数量，更不会用双面纸。我发现一个有趣的现象，我请人打印课程表时，如果是双面印的，那一定是中国老师打印的，如果是单面印的，那一定是美国老师打印的。走廊上的垃圾桶里，时常有一摞摞只用了一面的白纸扔在那里，我看着心疼，要不是那么远，我就拿回我们编辑部用来打印校对稿了。也不知最后这些白花花的纸去了哪里。

老美还很粗心。开篇提到那位"亲爱的"办事员，就多次弄错我的信息，不是把名字拼写错，就是把日期填错。到最后用联邦快递给我把文件递到中国来时，还有两处错误没改，又重新递了一份。我离开美国时，一个机场工作人员给我查询登机口时，竟然把航班搞错，给了我一个错误的登机口，以至于我差点儿延误了航班。

如果要挑剔的话，我还想说老美很死板。比如我这样一个临时去工作的访问学者，发薪水时也要扣养老金，从N加N个角度来说，我也不可能在美国养老呀。貌似他们只有一个发薪水的软件，必须一起扣掉，然后过几个月你再申请退还。税也是，明文规定访问学者免税，但也要先扣掉，等第二年四月再申请退还。不但给我们造成不便，也增加了很大的工作量啊。再有，吃个饭也有很多规定。有一次我做了一次讲座（无报酬），举办方请吃饭，由策划讲座的李老师陪同，我看到李老师的夫人也来听讲座了，就以为会一起去，这不是人之常情吗？可李老师竟先开车把夫人送回家才去赴饭局。到了饭店我发现所谓饭局就我们三个人，举办方的头儿、李老师和我。后来李老师告诉我，在美国，公款吃饭，无关人员一律不得参加。报账时要写清楚哪些人参加了，他们和此事什么关系。

我大笑，这也太死板了。但我马上又大赞：真好！

怎么写到最后，又写成优点了呢？

乐不思蜀不是我的成语

到美国一个月后,就不断有朋友问我(或短信,或电子邮件,或QQ,或博客纸条及评论):你要在美国待多久啊?什么时候回国?你在美国想不想故乡?你还在美国?你是不是乐不思蜀了?

其中说得最多的一句就是:你是不是乐不思蜀了?

也许是碰巧,我刚好是从"蜀国"来的,又刚好有"乐不思蜀"这么个成语,先天具有不思蜀的条件。要不为嘛没有乐不思鲁?乐不思豫?乐不思粤,乐不思沪?或者乐不思晋察冀?

我一直没有回答这个问题,因为觉得不用回答,不管思蜀还是不思蜀,我肯定到时候就得回来。但今天忽然很想回答一下这个问题,很想在这个安静的日子梳理一下心情。

乐不思蜀不是我的成语。首先我想说的是这句。

我肯定是"思蜀"的。我不思蜀思哪儿呢?虽然出生在杭州,但还在读小学时就跟爹妈一起入川了,我的小学同学、中学同学、大学同学、战友、同事、朋友、家人,都在蜀国。根根底底都在蜀国。再说了,就算不思蜀,也会思浙啊(爹妈在那里),就算乐不思浙,也会思京啊(儿子在那里)。

其实我知道大家问我乐不思蜀的潜台词是:你会不会因为美国好,就不想

高尔夫住宅区

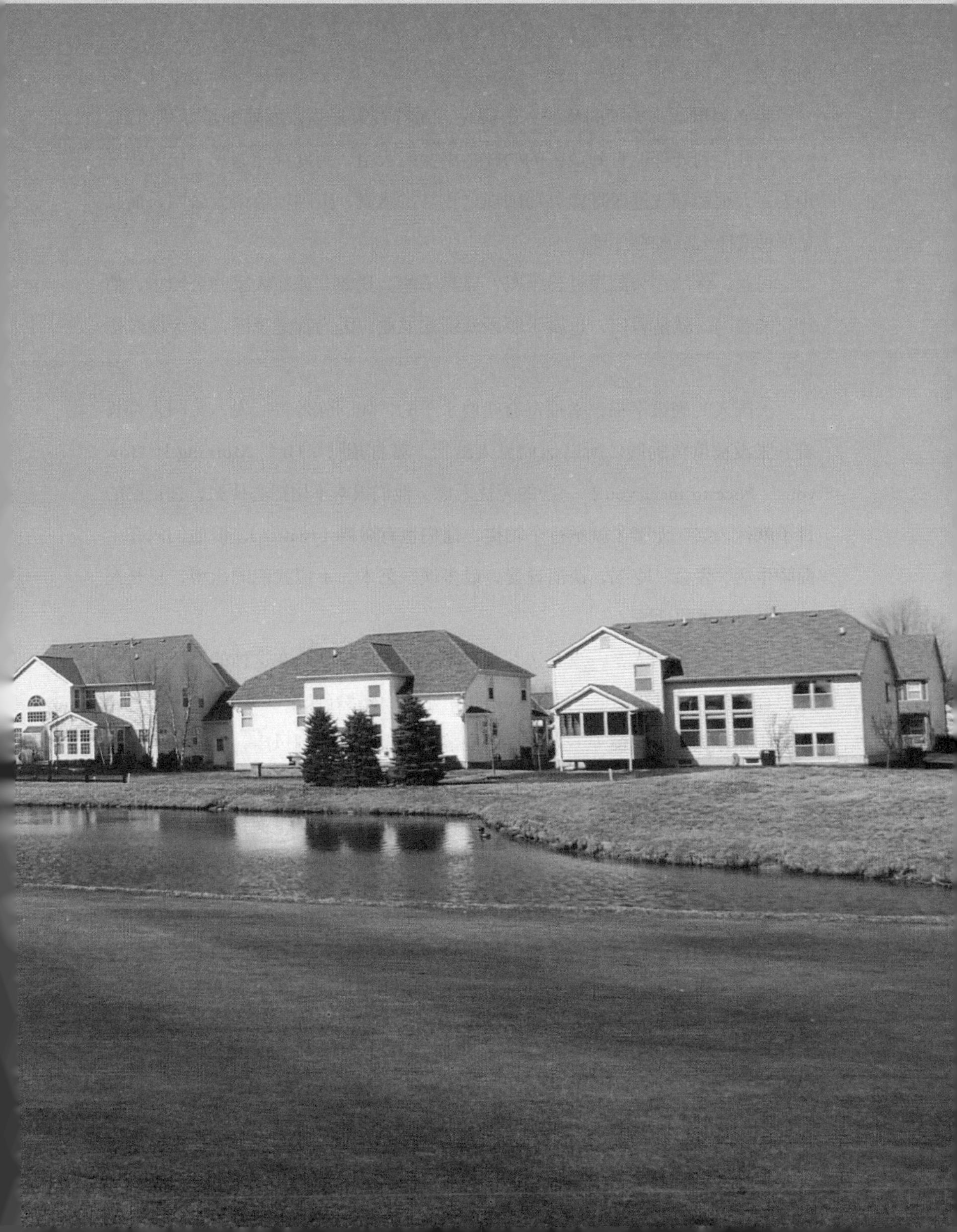

回来了？

我必须承认，美国的确好，很漂亮，尤其春天来临，到处都是绿草茵茵，鲜花盛开，到处都能看到茂密的树林，湛蓝的天空，到处都能遇见小松鼠跑来跑去，大雁翩翩飞过，野鹿灵巧闪现。我常常感慨，美国就像个大公园，而且是那种没什么游人的公园。

可是，你能在公园里过日子吗？显然不能，我要非赖在人家的公园里，估计只能看门。就是看门，也属于照顾残疾人就业，因为我是哑巴，至今没过语言关。

美国人的确很幸福，幸福得有些傻乎乎的，如同陈丹青所说，美国人都长着一张没被欺负的脸。所以他们见人就笑，就打招呼：Hi！Morning！How you？Nice to meet you！一脸的无忧无虑。他们根本不用担心什么，过自己的日子就行，实在无聊了就举行个帕提，他们也有微博（twitter），但他们只在上面聊生活、聚会、吃喝，谈情说爱，最多谈些艺术。不似我们的微博，总是充满忧患而沉重的话题。

可我不是美国人，一点儿边儿都挨不上。所以即使待在这样的环境里，依然会有忧有虑，依然会是个满腹心事的中国人，依然好像被欺负了一样。

比如今天上午，窗外一如既往的安静，静得只能听到风声，但我却趴在电脑前，满脑门子官司，反复关注着微博，窗外的美景完全与我无关了。因为这些日子中国发生了很多事，这些事真是让我欢喜让我忧。也许是忧多于喜，才更让我纠结。

上周我一直在关注一些公益人士发起的免费午餐行动，通过网上宣传募捐，为穷困地区的孩子提供免费午餐，到上周末我参加时，已募捐到百万。真是非常的可喜，让人欣慰。每年生日我会拿出一笔钱来捐助慈善事业，今年我的生日是在美国度过的，我便将这笔钱从网上捐给了免费午餐。每次参与这样的公益活动或者慈善活动，不是为了别的，就是为了安抚自己。当然也希望有一天，

我的讲座的海报

我的后代问起这段历史时，我会告诉他，我尽力了，我没有袖手旁观。

几天前我开始关注普通公民要求参选人大代表的事。不管结局如何，我为出现的第一个要求参选人大代表的公民感到高兴。虽然公民参加选举，竞选人大代表本是一件很正常的事，完全符合法律，符合人大代表选举法，但在今天的中国，它显得那么不平常。它们让我看到了社会的进步，看到了人们为改变社会现状正在作出的努力。点点滴滴的改变也是改变。点点滴滴的改变尤为珍贵。

我还注意到一些志愿者在救助矽肺病患者，我还看到一些人在关注抗战老兵。这些事都让我感到欣慰和鼓舞。

但是，就在几天前的一个晚上，临睡前，当我们为躲避龙卷风进入地下室的时候，我在微博上看到了一件让我揪心的事，一位因拆迁不满而上访却没有得到解决的人，采取了极端的行为，在当地的市政府等地进行了爆炸，用炸药结束自己生命的同时，伤及了无辜。接下来的几天，我又看到了一些让人担忧、让人生气的事。

这就是今天的中国，它在让我欣喜的同时，又让我揪心，在让我期盼的同时，又让我绝望，在让我温暖的同时，又让我悲伤。反过来说也可以，在让我揪心的同时让我欣喜，在让我绝望的同时给我期望，在让我悲伤的时候，又给我温暖。

其实在美国待的时间越长，越会感到不适应。一方面深感隔膜，没有归属感，不但找不到北，也找不到东西南，人在漂浮中。另一方面也会发现美国的种种问题，它并没有想象中的完美，中国存在的一些弊病在美国一样存在。

当然，最让我不适应的，还是前者。时间越长，越强烈地感到自己就是个中国人，是大洋彼岸那个国度的子民。

抛开客观原因不说，我也是无法留在这片土地上的。因为我的丝丝缕缕点点滴滴都在远方那片土地上，从小到老的所有记忆都在那片土地上，喜怒哀乐悲欢离合都在那片土地上，离开了，我只能是个空壳。一个中国人在美国，注定是要纠结的。不止是我，许多在美华人也有同样的感受。比如在中国时，怎么说中国的不是都无所谓，但在这里，别人稍有些指责就会难受得不行。真是很奇怪的感受。

在结束课程时，我最后跟我的学生说了这么一番话：

在美国的这三个月，我的生活和工作都很愉快，有那么多的老师和同学帮助我，关心我，我真的很开心，度过了非常轻松愉快的春天和夏天。但此刻的我，还是渴望尽快回到自己的祖国去，尽管那里空气不如这里清新，那里的秩序不如这里井然，但那里的种种不如意都和我有关，而这里的种种如意都和我无关。

我不属于这里。

客人终究是要走的。

别墅、房车、游艇，一切都与我无关

又迎来汉语描述的黎明

三个月一晃而过,我终于踏上了归程。

按出发前确定好的日期,我是 6 月 16 日中午离开美国,其时已是北京时间的 6 月 17 日零点了。

归途充满了戏剧性。

离开哥伦布,李老师善始善终,送我去机场。换登机牌的是个黑人妹妹。李老师帮我把护照递上去,黑人妹妹打开看,李老师就在旁边开了个玩笑,说不是我哈,我没那么漂亮。黑人妹妹笑笑说,我知道的。但不知这玩笑起了什么作用,黑人妹妹办好我的登机牌时忽然对李老师说,我给你办个手续吧,这样你可以送她进安检。我看李老师很惊讶,继而就乐起来,他告诉我说,你面子太大了,她居然让我送你进安检。我到机场送人几十次了,今天是第二次享受这个待遇,上一次是湖北省省长来此地访问,我们被允许进安检迎接他。

我一听也很惊喜,但比喜更多的是惊,很少享受特殊待遇啊。我说,你为什么不问问她 why ?

李老师满不在乎地说,问她干什么,咱享受一下特殊待遇有什么不好。

可接下来的事情就让我不止是惊了,而是震。黑人妹妹又问李老师,你还有什么要求吗?李老师看黑人妹妹这么友好,就说,你能不能找个人带她去下

再次从纽约起飞，飞回祖国

回国后的第一个早上

一个登机口？

纽约机场又大又乱，找登机口的确是个麻烦事。但李老师提此要求时并没有跟我商量，不然我会阻止他的，虽然我语言沟通有困难，但找个登机口还是没问题的，来美国的时候不是找到了吗？何况这三个月我英语好歹有点儿提高。不料黑人妹妹一口答应。她填了个表，走过去找她的头儿签了个字，回来递给李老师说，没问题了，等会儿她一下飞机，就会有一辆轮椅在出口处等她，送她去下一个登机口。

这番话我当时没听懂，我只看到李老师控制不住地笑。一边点头致谢，一边笑。后来当他告诉我时，我目瞪口呆。不断地说，为什么？为什么这么安排？李老师说，我也不知道，我只是让她给你找个人指点一下登机口，她大概认为这属于特殊服务，他们的特殊服务就只有轮椅。我大声说我不要，我干嘛坐轮椅。李老师说，你权当体验生活嘛，看看美国航空的特殊服务。多享受啊，东西也不用提，他们直接护送你去登机口。我想坐还坐不上呢。

我还是无法接受。进了安检候机室，我不断地跟李老师说，我不能接受这个特殊服务，我不想体验这个生活。我好好一个人，不是残疾，也不年迈，干嘛这样？我感到很难堪，从现在就开始难堪了，还有些恐惧。想象轮椅出现在我面前，众目睽睽之下，简直太可笑了。

但李老师仍沉浸在巨大的惊喜中，认为这个结果是他善于文化交流得来的，不肯放弃，不断说服我试试。"让美国人为你服务一下嘛。"

为了说服李老师，我搬出了他平时最爱说的话，每一个中国人的行为都会影响中国的形象。我就说，人家满飞机的美国人看到一个好端端的中国女人坐在轮椅上，肯定满腹狐疑，说不定会猜测这个中国女人是为了偷懒假装残疾的，这多不好，多破坏中国人的形象啊。

我终于说服了李老师，他去找登机口的工作人员，工作人员听他解释后立即取消了"特殊服务"。但李老师心有不甘，还是问了一句，你可以帮我查询一

临走前和学生一起看东亚系的表演

杨老师在公园里教美国师生打太极拳

下下一个航班的登机口吗？那个人说没问题。上网一查，就写在了我的机票上。

我一看，上面写着"25，terminal 2"（2号候机厅25号登机口），很高兴，不但取消了轮椅，还知道了登机大厅和地点，连忙感谢并表扬了李老师。

就这样我踏踏实实地飞到了纽约。到纽约下飞机时，果真有辆轮椅在飞机门口，还好不是等我的，是一个看上去身体不好的老人坐在上面。一个黑人小伙子在帮他取行李。我在美国的旅途上，常常看到一些走路很慢行动困难的老年人或者大胖子，但他们照样出门旅游。我庆幸自己坚持取消了轮椅。

但接下来我就遭到"报应"了。

我出了登机口就问一个黑人女警察，我的"terminal 2" 25号登机口在哪儿？她指着不远处说，朝右拐就是。我想不可能啊，我才从这里下飞机，肯定应该离开这个大厅去另一个大厅才对。我就重申了一遍，我是terminal 2，她很确定地说，就是这儿。我认定她是个糊涂虫，就断然离开她走出了大厅。再找人去问，哪知我每次问的结果，都是被人指引回到我下飞机的地方，而这个地方是美国达美航空公司的大厅，我回国是东方航空的班机。虽然本人语言沟通有困难，但智力还是正常的，我肯定应该找到东方航空公司才对。

在我第三次被人指引着回到达美航空公司的大厅时，我忽然醒悟了（醒悟得太晚），一定是哥伦布机场那个工作人员搞错了，他给我查询的航班不是东航，而是我飞纽约的达美航班。

于是我拿出电子机票，重新询问，问我的航班号，而不是问terminal 2。果然马上找到了东航登机口。一到我才发现，我曾两次路过该地。真气死我了，粗心的美国佬，害我满头大汗。如果错过了国际航班，那麻烦大了。幸好我在飞机上吃了李老师夫人爱莲给我准备的午餐，三片蒜蓉面包加一个鸡蛋一个橙子，不然根本跑不动。

千辛万苦坐上东航航班后，我在飞机读物上看到了纽约机场的示意图，真是巨大，我虽然跑了很多冤枉路，却也只是一个角落。

后面虽然依然不顺，但已经没有戏剧性了。简要地说，我在飞行了15个小时后，于北京时间6月17日晚上7点半到达上海浦东，一出飞机就有工作人员等在出口，带领我们入境办手续，再过安检。马上觉得还是祖国好。

可是祖国的天气不好，我本应立即飞回成都的，上海大雨瓢泼，电闪雷鸣，无数航班延误。好不容易登机，又在飞机上坐了两个小时等待起飞。幸好有电脑陪伴。凌晨12点10分终于起飞，18号早上3点到成都，可怜到机场接我的王棵和刘成，一夜没睡好。

从离开李老师家到踏进我自己家门，整个旅行长度是31个小时，比去的时候还多了好几个小时。但我还是感到庆幸，第一，尽管大雨，我还是安全抵达了；第二，我从哥伦布托运的行李也安全抵达了，它们跟我一样中途转机两次。听美国朋友说，国际航班丢行李是常事，所以我觉得自己运气还是很好的。尽管被轮椅折磨了一下。

凌晨4点多到家，家里空无一人——先生和儿子仍在外地奔波忙碌，老贝仍在托管处——我开始收拾行李（反正也不困），到5点半，洗澡洗头，到6点半，终于迎来了祖国的黎明。这黎明的天空虽然没有美国的那么辽阔清澈，但毕竟是可以用汉语描述的黎明啊。

春草还在美国，我已经回来了。

第一次去美国就待了三个月，感受良多。长期以来一个抽象的国度变得具体而感性，这里的三十余篇随笔，只表达了其中一部分。也许以后还会写，也许以后还会去，但不管如何，它只是大洋彼岸一个国度而已，所有的感受，均源于我对它的好奇。

前两天OSU一位年轻老师告诉我，新学期开始了，新一轮"春草"课也开始了，她走进教室，看到一群可爱的美国学生，他们又将从认识春草开始，学习汉语，了解中国。

祝福他们。祝福春草。